# 宮廷を追放された小さな魔導具屋さん２
# ～のんびりお店を開くので、規格外の力と今さら言われてももう遅い～

鬱沢色素

# 目次

三話



四話

宮廷を追放された小さな魔導具屋さん 2
Kyuutei wo tsuihou sareta chiisana madouguyasan
のんびりお店を開くので、規格外の力と今さら言われてももう遅い
クールな最強騎士
アーヴィン
王国の騎士団に所属。瀕死の場面をヒナの魔導具によって救われ、以来ヒナの保護者がわりに。普段はクールだが、ヒナのことになると庇護欲を全開にする。
もふもふフェンリル
ハク
ヒナの魔導具によって傷を治療され、ヒナの従魔となった。普段は大人が乗れるくらいの大きさだが、場面に応じて犬サイズにも変身できる。
追放された宮廷魔導士
ヒナ
ブラック企業で働いていたアラサーOLだが過労死、異世界に転生してしまう。宮廷で魔法使いとして育てられてきたが、「役立たず!」と言われ宮廷を追放されてしまう。
ヒナのお友達
アイリ
ペットのハーちゃんが行方不明になり、ヒナが見つけたことをきっかけに仲良くなる。家族想い。魔導具でみんなを助けるヒナのことを尊敬している。
CHARACTER

ヒナに激甘な天然娘

## シーラ

アーヴィンの姉で、ヒナが手伝う魔導具ショップの一人店長（魔導具も作れるが接客が好き）。ヒナとアーヴィンを溺愛。

お忍びでやってくる常連客

## ライナルト王子

ゼクステリア王国の第三王子。お忍びで魔導具ショップにやってくる。飄々と振舞っているが実はキレ者。

ヒナを見守る大精霊

## クラース

魔物の森に棲む、慈愛の大精霊。ヒナの澄んだ心を見抜き、彼女に対して『声』を授ける形で何度か手を貸してきた。

ヒナを追放した宮廷魔導士

## ギヨーム

ペルセ帝国の宮廷魔導士。パワハラ体質ですぐに怒鳴り散らす。ヒナの才能を見誤り宮廷から追放するが…。

ヒナの両親

## バート夫妻

ヒナの本当の両親で『風と光の喫茶店』のマスター夫婦。帝国の宮廷魔導士に幼いヒナを誘拐されてしまった。

ツンデレ少年

## コリン

ペルセ帝国の宮廷で育てられている少年。希少な闇魔法の使い手で、宮廷からも一目置かれている。態度は不遜だが…。

# 前回までのあらすじ

買い物好きのごくごく普通のアラサーＯＬ。ブラック企業勤めの彼女は、そこで過労死してしまう。

彼女が目覚めた時には、ペルセ帝国の宮廷で魔法使い見習いとしてスパルタ教育を受けていた。そう――彼女は『ヒナ』という名前で、異世界に転生してしまったのである。彼女は記憶もちゃんと残っていないくらいの幼い頃に両親に捨てられ、帝国の宮廷で育てられてきたのだという。

そんなヒナはある日、宮廷魔導士のトップであるギヨームから『役立たず』の烙印を押され、宮廷から追放されてしまい魔物の森に捨てられる。

その森でヒナは不思議な『声』を聞く。声に導かれて行き着いた先には、帝国の隣国――ゼクステリア王国の騎士であるアーヴィンがいた。彼はいつ死んでもおかしくないほどの大怪我を負っていた。しかしヒナが作り出した魔導具によって、あっという間に怪我が完治してしまう。彼女は【魔導具作成】という、チートな魔導具を作り出せる規格外なスキルの持ち主だったのだ。アーヴィンはそのことに驚き、そして感謝し、彼女を自分の住んでいる王都まで連れ帰った。

前回までのあらすじ

ヒナはそこでアーヴィンの姉、シーラと共に魔導具ショップを手伝うことになった。そして途中、フェンリルのハクを従魔《ペット》にしたり、行きつけの喫茶店が出来たり、王国の第三王子ライナルトと知り合いになる。

充実した日々を送っていたヒナであったが、アーヴィンやハクと出会ったきっかけでもある不思議な『声』の正体を知り、会いたいと思うようになる。そこでお弁当を作り、魔物の森に行って『声』を探すことにした。

無事にヒナの前に姿を現す『声』の主。それはなんと、精霊の中でもさらに格式が高い大精霊と呼ばれる存在であった。さらに大精霊はヒナに幼い頃の記憶を知りたくないかと持ちかける。

ヒナはそのことを了承。アーヴィンとハクにも見守られながら、幼い頃の記憶を辿ると――両親に捨てられたとヒナは思っていたが、実際は帝国の宮廷魔導士が無理矢理彼女を連れ去ったこと。そして本当の両親は、行きつけの喫茶店の店主である、バート夫妻であることが判明する。

そのことに驚くヒナではあったが、真実が分かってほっとひと安心。王都に帰ろうとしていたところ、ライナルトから通信が入る。どうやらヒナを訪ねて、とあるお客さんが魔導具ショップに来店したらしい。その名前を聞いてみると――今まで彼女を虐げてきた、帝国の宮廷魔導士のトップであるギヨームであった。

# 一話

## ◆望まぬ再会◆

私がアーヴィンたちと魔導具ショップに戻ると、真っ先に目に入ったのはライナルトの顔だ。

「ヒナ」

ライナルトは私の名を呼んで、どこか複雑そうな表情を見せる。

足を組んでソファーに座っていて、彼の右手にはマグカップが。いつもと変わらない様子のライナルトだけれど、今日はちょっと不機嫌そうな印象も受けた。

「ヒナちゃん……」

シーラさんもいる。

彼女はライナルトの傍に立って、おどおどした様子である。いつも元気いっぱいな彼女にしては珍しく、表情が曇っていた。

そして――。


「久しぶりだな、ヒナ」

その声を聞いて、一瞬肩がびくついてしまう。

何度聞いても忘れるはずがない。

私がペルセ帝国にいた頃、宮廷魔導士のトップだった人物――ギヨームがライナルトたちの対面に座っていたのだ。

ぎょろっと薄気味悪い眼球が、私の方を向いた。

「ヒナ、大丈夫だ。俺たちが付いている」

【そうだぞ。いざとなったら、このような輩、我が輩がぶっ飛ばしてやる】

足がすくんでいる私の背中を、アーヴィンが撫でてくれる。

ハクも優しい言葉を投げかけてくれて、私は思わず嬉し泣きしてしまいそうになった。

「……ひさしぶり、でしゅ」

私は勇気を出して、ギヨームを真っ直ぐ見据えた。

そんな私の声を不快に思ったのか、ギヨームが一瞬顔を歪めた。

「ライナルト。これはいったい、どういうことでしゅか？　なんで――」

「まあまあ、こんなところで立ち話もなんだ。貴様も座ったら、どうなのだ？」

口を開くと、ギヨームがそう言葉を投げかけてくる。

ライナルトの方を見ると、彼は頷いた。私は迷わず、ライナルトの隣に腰を下ろす。

そして後ろにはアーヴィンとハクが構えるような形。

アーヴィンたちがこうして後ろで見守ってくれるだけでも、心強かった。

「僕から話をするね」

ギヨームがなにかを話し始める前に、ライナルトが先に口を動かす。

「この人は……もちろん、誰か知っているよね。ヒナ」

「はい……」

「うん。ペルセ帝国の宮廷魔導士のトップ、ギヨームさんだね。やれやれ、わざわざそんな偉い方が来てくれるなら、もっとおもてなしするのに。いきなり来るなんてビックリしたよ」

ライナルトが肩をすくめる。

しかし彼がギヨームを見る目には、警戒の色が強く出ていた。

この様子だと、ギヨームはなんらかの約束を取り付けた様子じゃないらしい。そんな彼に、ライナルトは不快感を抱いているっぽいね。

だが、ギヨームはそんな視線を受けてなお、

「はっはっは。大した用事ではありませんでしたからね。こちらとしては、迷子の子どもを引き取りにきただけのつもりでした。わざわざ王子殿下が立ち会いに来るとは、私共も思っていませんでしたよ」

と軽口を叩く。

私相手では絶対に有り得ない丁寧な言葉遣い。

ライナルトはこの国の第三王子だ。さすがのギヨームとて、彼を前にして不遜な態度は取れ

ないらしい。

「まいごの……こども……？」

私が首をかしげる。

――あなたが一方的に私を追い出したんでしょうが――！

喉元までそんな言葉が出かかるが、それは声にはならなかった。

「今の話で分かると思うけど、このギヨームさんはヒナを引き取りに――」

「ヒナ、さっさと帰ってこい」

ライナルトの声に被せるように、ギヨームが先んじて口にした。

そのような彼の態度に、一瞬ライナルトは顔をしかめる。

しかし気付いているのかいないのか、ギヨームはそれを意に介さず話を続ける。

「勝手に国を出やがって。そのせいで、こっちがどれだけ迷惑を被っているのか分かっているのか？」

ギヨームが私に殺気を飛ばす。

私はそれを受けて、無意識に息を呑み込んでいた。

「なっ……！」

後ろに控えているアーヴィンも反応する。

アーヴィンが腰に携《たずさ》えている剣に手をかけた音が聞こえた。

「アーヴィン、落ち着いて。話をもう少し聞こう」

だが、そんな彼をライナルトが手で制する。

「……っ！　はっ」

アーヴィンは不服そうではあったが、剣から手を離した。

「……悪いな。ちょっと興奮してしまったようだ。謝る」

一転、ギヨームは声の調子を穏やかなものにする。

謝るとは言っているが、彼の言葉からは謝罪の気持ちは一切感じられない。あらかじめ用意していた台本を読んでいるような印象だ。

「まあちょっとした行き違いがあったのは否めない。そのせいで貴様――ヒナが宮廷から出ていってしまった。そこでだ、ヒナ。もう一度言う。宮廷に戻ってきてくれないか？　前回の時など比べものにならないくらいの好待遇を、こっちは用意している。よかったら貴様をすぐに宮廷魔導士にしてやってもいい」

……は？

ギヨームの言っていることはメチャクチャだ。

そもそもこいつが私を追放したんだし、好待遇なんて言葉も胡散臭い。そんな言葉を簡単に信じるほど、私もお人好しじゃないんだから。

しかし。

「聞こえなかったか？　――旅行は終わりだ。さっさと帝国に帰ってこい」

再びギヨームが力強い言葉を放つ。

私を射抜くようなギヨームの視線。

真っ黒な瞳だ。ずっと見ていたら、そのまま底まで引きずり込まれてしまいそうな――恐怖を圧縮した色。

私はそんな彼の目、そして言葉を聞くと体が固まってしまう。

「……ヒナ。君はどうしたい？」

今度はライナルトが私に問う。

「僕としては、君の思う通りにして欲しい。故郷に帰りたいと言うなら、その意志を尊重する」


――そうじゃないよ。


私は首を横に振ろうとした。

しかし相変わらず体が石になったみたいに動かない。

「だけど――もしヒナがまだこの国にいたいと言った場合、僕はどんな手段を使っても君の助けになろう。それは後ろにいるみんなも同じはずだよ」

そう言って、ライナルトの顔が後ろに向いた。

「……俺もライナルト様と同じ気持ちだ」

「私はもっとヒナちゃんと過ごしたいけど……それはヒナちゃんの決めることだよ」

【我が輩は主の意思を尊重する】

みんなが私に対して、そう声を投げかける。


――どうして、みんなそんなことを言うんだろう？


この時の私は内心、不思議に思っていた。

アーヴィンたちだったら、「絶対に戻るな」って言ってくれると、心のどこかで期待していた。

だけど意に反して、みんなは私を試すようなことを言っている。

試す――？

そうだ。

突き放されているように感じたけれど、事実は逆。

みんなは私の背中を押してくれているんだ。

「ヒナ。貴様にとって幸せなのは、どちらなのか……はっきりしているよな？」

声を出せない私に追い討ちをかけるように、ギヨームは甘い言葉を重ねる。

「話はその王子殿下に聞いた。今はこんなオンボロな建物に住んでるんだろう？　それに比べ、ペルセ帝国の宮廷は最新の設備も揃っている。宮廷魔導士になれば将来も安泰だ。どちらの方が貴様にとって幸せなのか……言うまでもない」

どちらの方が幸せだって？

どうしてギヨームにそんなことを言われなければならないんだろうか。

私はこの国に来て——アーヴィンたちと出会ってから、彼らにいっぱい幸せを貰ってきた。

そのおかげで、ペルセ帝国の時の悪い思い出なんて、忘れてしまったと思っていた。

だけど——どうやら、私の心に根付いている帝国の——ギヨームへの恐怖心というのは相当深いみたい。

ギヨームの誘いを払い除けたい。

でもダメ。口が思うように動かない。

アーヴィンやライナルトが、代わりに断ってくれないかな？　それで万事解決なのに。

そんな他力本願な考えが一瞬浮かぶが、きっとそうじゃないんだ。

そう——これは新しい扉を開くための大切な儀式。

私はその扉を開くことによって、初めて一歩前に踏み出すことが出来るのだ。

「俺はヒナの味方だ」

アーヴィンがそう言ってくれる。

すると私の中で眠っていた小さな光が徐々に大きくなっていく。

その光の名は――『勇気』といった。

《アーヴィン》

「ヒナ……」

ヒナがペルセ帝国にいた頃。

彼女に酷いことをしてきた人物――ギヨームを前にして、ヒナは縮こまっていた。

ヒナはいつも前向きで明るい少女だ。彼女の無垢な笑顔に、俺もシーラも癒されてきた。

そんな明るいヒナなのに、ギヨームと会ってからは少しも笑ったりしない。

それどころか、その表情はどんどん沈んでいくばかりだ。


――今すぐにでもヒナに「帝国に戻るな」と伝えたい。

しかしそれではダメなのだ。

俺は自分の気持ちをぐっと堪え、怯えた小動物のように震えているヒナを見守っていた。

ずっと考えていた。

俺はヒナのことを守りたい。

彼女のしたいことを全部叶えてあげたい。

彼女をもっと甘やかしたい。

だが、もし俺たちがヒナの前からいなくなった時は？

もちろん、俺たちが魔導具ショップからヒナを無理矢理追い出すことなんて、絶対に有り得ない。

しかし俺たちがこのままヒナを甘やかしたままだと、彼女はひとりで生きていく力を身につけられない気がしたのだ。

そうなった場合は悲惨だ。

ヒナは俺たちに依存し、仮に独り立ちしたくなっても出来ないようになってしまう。

それでも――勇気を振り絞ってひとりで生きていくことを決めても、また悪いヤツに騙されてしまうかもしれない。

それじゃあダメだ。

ゆえにこれはきっと、ヒナが乗り越えないといけない試練なのだ。

昔のトラウマを乗り越えること。

自分の意志をちゃんと人に伝えること。

だから俺はまるで初めてのお使いに出掛ける我が子を見るような眼差しで、ヒナを見守っていた。

それはシーラやライナルト、ハクも一緒だろう。

みんな、固唾《かたず》を飲んで、ヒナの一挙一動に注目している。

今すぐ、ギヨームという男を殴りたい――そんな衝動を我慢して。

「お……」

……！

ようやく、ヒナが固い口を開いた。

ヒナは一生懸命、自分の考えを口にしようとする。


――ヒナ！　頑張れ！


俺は心の中で彼女を応援した。

ギヨームは既に勝ち誇った顔をしている。その顔を見ていると、俺はさらに怒りが込み上げてきた。

そしてヒナはバッと顔を上げ、ギヨームを一直線に見つめながらこう告げた。

「おととい――」

・・・・・・

「おとといきやがれ――でしゅ！」

気付いたら、そんな言葉が口から出ていた。

そこから今までのことが嘘だったかのように、私はこう早口で捲《まく》し立てていた。

「きゅうていには、もどりません！　いまさら、わたしがもどるとでもおもいましたか？　もうにどと、わたしのまえにかお、ださないで！」

自分でも驚くくらいの大きな声が出た。

「「ヒナ……！」」

私の言葉を聞いて、みんながほっと安心したように息を吐く音が聞こえる。

やっぱりみんな、私のことを考えて、黙っててくれていたみたいだね。

だが一方――ギヨームは怒気を発し、

「き、貴様っ！　誰にそんな口を利いてやがる！」

唾を飛ばさんばかりの大きな声で私を罵った。

「誰がここまで育ててやったと思うんだ！　私がわざわざこんなところまで来て、頭を下げてやってるんだぞ？　それなのに貴様はその恩を――」

「――ねえ、君。少し黙ってくれるかな」

それは背筋が凍るほどの冷たい声だった。

ゆっくり隣を見ると……そこには普段の姿からは想像出来ないくらいに怖い顔をした、ライナルトの姿があった。

「……っ！」

その迫力に、ギヨームも一瞬気圧される。

ライナルトは椅子の肘掛けに頬杖をつき、冷淡な口調でこう告げる。

「さっきから聞いてたけど、君はちょっと自分勝手すぎないかな？　元はといえば、君の方からヒナを追い出したんだろ？　謝罪するって言ってるけど、全然そんな風に見えなかったし。まずは謝ることを覚えてから出直しておいでよ」

「な、なにを言いますか……！　そいつになにを吹き込まれたかは分かりませんが、追い出したとは人聞きが悪い。そもそも……」

「だから黙ってってって」

ライナルトがぴしゃりと言い放つ。

ギヨームは口をパクパクさせるが、それ以上二の句を継げない。

内心は怒り心頭だと思うが、第三王子とことを構える気はなさそうだね。

「それとも――無理矢理、ヒナをここから連れ去るつもりなのかな？　それだったらこっちにも考えがあるけど」

そう言って、ライナルトは視線を後ろに向ける。

私も彼の視線の先を辿る――そこにはこれまた怖い顔をしたアーヴィンが、ギヨームを睨んでいた。

シーラさんもいつの間にかフライパンを片手に構えていた。ハクもいつギヨームに襲いかかってもおかしくないくらい。

「ぐっ……！」

状況が悪いことに、ギヨームは気付いたんだろう。

彼は悔しそうな表情を浮かべ、

「わ、分か……りました。出直してきます」

となんとか声を絞り出したのであった。


「「ヒナ！」」

ギヨームが魔導具ショップから出ていってから。

アーヴィンとシーラさん、ハクが私のもとに駆け寄ってきた。

「よく頑張ったな……！」

「ヒナちゃん、すごいよ！　あーんなに怖そうな顔をしてる大人に物怖じしてなかったんだもん！」

『さすが我が輩の主である。褒めてやろう』

ハクが私のほっぺを舐めてくれた。

ざらざらした舌の感触が気持ちいい。私は「くすぐったいよ～」と言いながら、ハクの体を撫でてあげた。

それにしても……未だに体が震えている。手汗も酷かった。

みんなは褒めてくれたけれど、やっぱりギヨームは怖い。トラウマを完全に乗り越えるのには、まだ時間がかかりそうだ。

だけど彼の誘いを跳ね除けられるくらいには、私も成長したみたい。

みんなもこう言ってくれているし、今は自分のことを褒めてあげたかった。

「ヒナ、君はやっぱり強い女の子だね。君ならあんなバカな男に対しても、自分の気持ちを伝えられると僕は思っていたよ」

「そういうライナルト様もビクビクしていたように見えましたが？」

ライナルトの言葉に、アーヴィンが問いを発する。

あれ～？

そうだったかな。少なくとも、表面上はいつもと全然変わってなかったように見えたけれど……。

しかし。

「ははは、アーヴィンには分かるか。でも仕方ないだろ？　なんせヒナが帝国に帰っちゃうかもしれないんだ。ヒナのことは信じてたけど……それでも、やっぱり怖かった」

と子どものように笑った。

それはさっきの彼の怖そうな姿とは違っていて、私は安心した。

でも今度から彼を怒らせないようにしよう……心の中でそう誓う。

ちょっとカッコよかったけどね！

場が祝福の空気で包まれる。

だが——一転。

「でも……これで終わるとは思えないね」

とライナルトが声の調子を変えて、真剣な顔で口にした。

「なんで今更、あいつがヒナを連れ戻しにきたのか？　答えは簡単」

「帝国の宮廷がヒナの価値に気付いた——ということですよね？」

アーヴィンの言ったことに、ライナルトが首肯する。

「その通りだ」

「全く……ヒナちゃんは最初からすごいのに、今更あんなことを言うなんてぷんぷんだよ！ 仮にスキルなんてなくても、こんなに可愛いのに……」

シーラさんが腰に手を当てて、頬を膨らませた。

いつも温厚な彼女でさえ、先ほどのギヨームの態度には腹を据えかねていたらしい。

『ヒナの魔導具を作る力は規格外なものだからな。帝国が惜しくなっても仕方がない』

「ヒナがいなくなってから、初めて気付いたんだろうね。それはヤツ――ギヨーム自身がここまで来たことからも分かる」

ライナルトは自分の前髪を弄《いじ》りながら、話を続ける。

「さっきはアーヴィンやハクもいたからね。諦めて帰ったんだろう。だけど――このままヤツが諦めたまま終わるとは思えない」

「ですね。戦力を整えてから、もう一度ここに来るでしょう。そしてヒナを無理矢理連れ去ろうとするに違いありません」

アーヴィンの表情も険しい。

そんな強引なこと、するのかな……？

ってちょっと思ったけれど、魔力を持っていた私を両親の手から離し、帝国に連れ帰ったのがギヨームら――宮廷魔導士連中だ。

それがたとえ人攫《ひとさら》いのような真似になったとしても、自分の欲しいものを手に入れようとするだろう。

『では……ヒナがヤツらに連れ去られるのを、黙って見ているつもりか？』

ハクが試すような口調でライナルトに質問する。

しかし彼は「はっ！」と笑い、

「そんなわけないだろ！　ヒナは僕たちの宝だ。彼女自身が帰りたいと望むならともかく、あっちに渡すつもりはないよ」

と私に視線をやりながら答えた。

「ならどうしますか？　あちらがその気になれば、選りすぐりの宮廷魔導士を連れてくるでしょう。そうなったら……」

「うん。普通ならなかなか辛い戦いになるだろうね」

アーヴィンとライナルトが冷静に分析する。

ギヨームがバカすぎて忘れそうになるけれど、世界的に見ても帝国の宮廷魔導士はかなりの実力者。

時には戦争にも駆り出され、そこで多数の戦果を築いているとも聞く。

だからこそ、少々強引な手段でも取ることが可能なんだろう。

「騎士団を動かすおつもりですか？」

「いや……ヒナの存在は、まだ王宮内で秘密にしている。兄上たちならともかく、僕が理由もなしに騎士団を動かすことは不可能だ。専属護衛のアーヴィンだけなら別だけどね」

どんどん話は悪い方向に進んでいるようにも思えるが、当のライナルトは余裕げである。

アーヴィンも、まるであらかじめ答えが分かっている内容を質問しているかのようだった。

「でも――ね」

ライナルトが私たちを眺め、両腕を広げてこう言う。

「たとえ相手が帝国の宮廷魔導士であっても……騎士団を動かせなくても、僕たちにはこんなに立派な戦力があるじゃないか。なにも怖がる必要はない」

そしてライナルトはニヤリと笑って、こう続けた。

「ここのみんなで、帝国と小さな戦争だ」

## ◆小さな戦争◆

《ギヨーム》

――あの愚か者が！


ゼクステリア王国――王都までの道のりを歩きながら、私は何度も悪態を吐いていた。

「舐めた真似をしやがって！　あいつは今まで、誰に育てられたと思っているんだ？　それなのに恩を仇で返すとは……」

「ギヨーム様のお怒りはごもっともなことです」

後ろには、十数人の宮廷魔導士が連なっている。

彼らは私の言葉に、ただ首を縦に振るばかりである。

「あまり手荒な真似はしたくなかったが……こうなったからには仕方がない。強引にヒナを連れ帰ってやる」

最初は平和的な話し合いで解決しようとした。なんだかんだでヒナは帝国に恩を感じているはず。私が言えば、すぐに戻ってくるものだと。

しかし話し合いは決裂した。

第三王子《ライナルト》がヒナのことを高くかっていたのが計算外ではあったが……問題ない。

あれは放蕩王子と呼ばれ、王宮内で疎まれていると聞く。

ほとんど力を持たない王子だ。帝国になにかをしようとしても不可能だろう。

「ヒナを連れ帰ったら、好待遇で迎え入れるつもりだった。だが……こうなったからには仕方がない。奴隷のように働かせてやる！」

——そうギヨームは意気込んでいたが、仮にヒナがあそこで首を縦に振っても、結末は一緒だった。

宮廷にいた頃のようにヒナはまた虐げられ、辛い日々を送ることになっただろう。

しかし……そんなことに気付いていないのはギヨーム、そして愚かなペルセ帝国の宮廷魔導士連中だけだ。

「それにしてもギヨーム様。ヒナひとりを連れ帰るのに、これだけの宮廷魔導士が本当に必要なんですか？」

宮廷魔導士のひとりが質問する。

バカな質問に腹が立った。

「貴様はなにを言っている。万が一にでも、ヒナをつけあがらせてはいけない。もう一度ヤツが良い気になるかと思うと……ハラワタが煮えくり返る。この任務は決して失敗してはいけないのだ。そのことも分からないのか？」

「し、失礼しましたっ！　そうですよね！」

「分かれば、貴様は二度と喋るな。またバカな発言をしたら、宮廷魔導士をクビにしてやる」

「そ、それだけはおやめに……！」

そう言って男は手を伸ばすが、既に彼は私の視界にない。

これは私自身のメンツの問題であった。

今まで、私に逆らった人物はいない。

だが、ヒナが初めて反旗を翻した。これは由々しき問題である。

ゆえに女の子ひとりを攫うために過剰なまでの戦力を投入した。

ひとりいれば百人の兵士にも匹敵するといわれる宮廷魔導士がこれだけいるのだ。

簡単にことは済み、すぐにヒナは帝国に戻ることになるだろう。

——やがて私たちは『魔物の森』に足を踏み入れる。

「ここを抜けてさっさと王都に辿り着くぞ。言わなくても分かると思うが、付いてこられない者は放っていくからな」

「「「はっ！」」」

十数人の宮廷魔導士が返事をする。

ここの森は魔物が多くて危険な反面、王都までの近道となる。

さらにはこれがいい目眩《めくらま》しとなる。万が一、ヒナたちがこちらの動向を探るにも、この森が私たちの姿を隠してくれるだろう。

問題は魔物に襲われる危険性もあることだが……まあそれも問題ない。これだけ宮廷魔導士がいるのだ。魔物など、恐るるに足らずである。

私たちは淀みない足取りで森の中を進んでいく。

それは予想していたよりもハイスピードなものであった。

「おっ……？　神も我らに味方しているのか？　魔物が一体すら姿を現さんとはな」

それとも――魔物が我らに恐れをなしているのか？　そうだとするなら、いい心がけだ。

私はそのことに気分を良くして、さらに歩調を早いものとした。

――だが、彼らは知らない。

このことが全て仕組まれているということに。

「ん？」

森を進んでいくと、見覚えのある少女の背中を見つけた。

彼女は帽子を被っており、どうやら道に迷っている様子である。

「どうしてこんなところに子どもが……？」

不審ではあったが、彼女がこちらを振り返ると——怒りで頭が一瞬真っ白になってしまう。


「ヒ、ヒナ……っ⁉」


そう。

帽子を被っておどおどしている様子の少女は、紛れもなくヒナであったのだ。

彼女は「しまった！」と言わんばかりの表情になって、私たちから逃げるように走り出した。

「おい、貴様ら追いかけるぞ！　わざわざ餌が自分から来てくれたのだ」

「ま、待ってください、ギヨーム様！　さすがにこれはおかしいですよ！　どうしてヤツがこんな森の中にいるんですか？　もしかしてこれはなにかの罠……」

「知らん！　そんなことより私の命令に逆らうな！　さっさとヒナを捕まえるぞ！」

私の指令でみんなが一斉に駆け出し、ヒナを追いかける。

「くく……バカなヤツだ。なにを企んでいるか分からぬが、貴様ごときが私をどうにか出来るとでも思ったか？」

これがおかしいことにはさすがに気付いている。

だが、ヒナがなにをしようともそれを跳ね除けるだけの自信があった。

そんなことより――街中でヒナを攫うリスクと、この森の中でひっそりと彼女を攫えるメリットを天秤にかけた時、後者の方に傾いただけのことだ。

計算高い私はそこまで見抜き、ここで彼女を捕らえることに決めたのである。

ヒナはぐんぐんと私から離れていく。

幼女らしかぬ足の速さに少し違和感があったものの、それで足を止めるわけにはいかなかった。

「魔法だ魔法！　ヒナに魔法を浴びせろ！　言っておくが……殺すんじゃないぞ？」

「「は、はい！」」

宮廷魔導士が魔法を発動する。

魔力で編んだ炎の槍や雷の一矢、風の嵐が前方を走るヒナに襲いかかろうとしたが……。

「ど、どうして命中しない！　誰が木に当てろと言った！」

「す、すみません！　確かに当てようとしたのですが……」

それらは全て――ヒナに当たる直前、軌道を変えて近くの木々に当たってしまったのだ。

彼らは一様に不思議がる。

「ちぃぃっ！　見失ってしまったではないか！」

そうこうしていたら、ヒナの姿をとうとう見失ってしまった。

ただでさえ草木が生い茂り、入り組んでいる森の中なのだ。ただ走るだけでも体力を奪われる。私たちは立ち止まって肩で息をした。

「はあっ、はあっ……ギヨーム様。ここは一度、落ち着くべきです。さっきの魔法がヒナに命中しなかったことも加え、やはりなにかがおかし……い……？」

その時——周囲にピンク色のモヤが漂い始めた。

それは甘美な香りをしており、嗅ぐと頭がクラクラした。

「こ、これは……？」

まるで夢遊病のように部下のひとりがそのモヤの正体を探るべく、ふらふらと歩き出した。

それに私たちは付いていった。

歩みを止めようにも体の自由が利かない。

モヤに誘われるがままに、歩いていると……。

「……っ！」

突如、背筋が凍るような危機感を察知した。

前方を歩く部下の背中を押し、私だけ立ち止まることに成功する。

だが——私以外の宮廷魔導士はそのまま前進してしまっていた。

ゆえに……。


「な、なんだこのネチャネチャの液体は!?」

「う、動きづらい……！　くっ、どうなってやがる!?」


彼らはそこに足を踏み入れてしまっていた。

その足元を見ると、粘着性の謎の液体が地面に広がっている。

そこに立ち入ってしまった彼らは液体に足を取られ、満足に動けない様子だった。

さらにそれだけではなく……。


「ま、魔物の大群!?」

「ちぃぃっ……！　今まで現れなかったのに、こんなところで来るなんて！」

周囲の草木の茂みから、突如魔物が姿を現したのだ。

しかもそれは一体、二体の話ではない。数十体にも及ぶ魔物が、動きが制限されている宮廷魔導士たちに襲いかかった。

彼らは魔法を放って対抗しようとするが、足元の粘着性の液体が邪魔をするせいで、十分に力を発揮出来ない。

それとは逆に魔物たちは——まるでこのことを最初から知っていたかのように——器用にそ

の部分だけを避けて、宮廷魔導士を攻撃していった。

「お、おい！　さっさとこいつらを始末しろ！」

彼らに指示を飛ばす。

「くっ……！　舐めるな！　こんな子ども騙しで後れを取るほど、宮廷魔導士の名も腐っていないわ！」

状況は最悪だった。しかし――そこはさすが選りすぐりの宮廷魔導士たち。

なんとか抵抗し、致命傷を避けていた。


「おおおおおおん！」


だが――森の中に狼の遠吠えのような声が響く。

そして魔物に続いて、私たちの前に姿を現したのは……。

「狼――い、いや！　あれはもしや、フェンリル⁉」

「どうして魔獣がこんなところにいるんだ！」

一体のフェンリルが彼らに襲いかかる。

それによって一気に均衡は崩れ、戦況は魔物優勢となってしまった。

「うわあああああ！」

「ギョーム様……助けて。指示をお出しくだ……さい……！」

阿鼻叫喚《あびきょうかん》の空間。

私に助けを求め、手を伸ばす宮廷魔導士も現れたが……。

「ひいいいいいいいいい！」

――彼らを前にして、私は踵を返してその場から逃げ出した。


――なんだ、なにが起こっている⁉


魔物たちに蹂躙《じゅうりん》されている彼らを見て、私は最早パニックだった。

時には転びながらも、必死に逃走を続ける。彼らの悲鳴がまだ耳に残っていた。

「こ、これも全部ヒナが悪い！　せめてあいつさえ捕まえられたら――ん⁉」

一瞬目を疑った。

なんと私の目の前に、ヒナがひょこっと姿を現したからだ。

彼女は後ろに手を回し、ニコッと笑みを浮かべている。私を見ても逃げ出そうとしなかった。

「き、貴様あああああああああ！」

彼女の余裕ありげな表情が、とうとう私の逆鱗に触れた。

もういい！　こいつはもう殺してやる！　なにが起こっているか分からないが、ヒナさえいなければこんなことにならなかった！　私たちをこんな目に遭わせた悪魔を生け捕りにするなど、生易しい！

　こいつだけは許さん――、

　そう思って、ヒナに手を伸ばした時であった。

「まさかこんなに簡単に罠にはまってくれるとはな」

男の声がしたと思ったら――次の瞬間、後頭部に鈍い痛み。

自分の体が前のめりに地面に倒れる。

すぐに立ち上がろうとするが、間髪入れずに何者かに背中を踏まれる。

混乱の最中、私はゆっくりと顔を上げた。

そこには――。

「ヒ、ヒナがふたり……？」

相変わらず癇に障るような笑顔を浮かべているヒナ。

そしてその隣には――男に抱っこされた、もうひとりのヒナの姿があったのだ。

・・・・・・

「ヤツらは、魔物の森を経由して街まで来る可能性が高い。ならばそこで決着をつけよう」

ギヨームが魔導具ショップから去った後。

私たちは彼らを迎え撃つために作戦会議をしていた。

「そうだな。あの森は危険ではあるが、同時に王都までの近道でもある。それに一旦あの中に入ってしまったら、普通なら追跡は困難。ヤツらが使わない手はないだろう」

ライナルトの案に、アーヴィンも同意する。

腹を立てたギヨームは、一刻も早く私を捕らえようとするはずだ。

彼の短気な性格をこれでもかというくらい分かっていたので、私もライナルトの話に頷いた。

「でも……どうするのかな？　あっちは強い魔導士を連れてくるんでしょ？　アーヴィンとハクだけで戦えるのかな……？」

シーラさんがそう疑問を口にする。

だが。

「アーヴィンとハクだけ？　違うだろう。僕たちにはもっと心強い味方がいるはずだ」

「え、誰？」

「ヒナだよ」

そう言って、ライナルトが私を見る。

「ヒナ。ヤツらを誘い込んで、さらに足止め出来るような魔導具は作れないかな？　そうしたらヤツらの戦力を分散させることが出来ると思うんだけど……」

「うーん……」

腕を組んで考える。

だけどすぐにアイディアが閃《ひらめ》く。

「だったらわたし、わるものほいほい、つくる！」

「わるもの——悪者ほいほい？　それは一体なにかな？」

「ひゃくぶんはいっけんにしかず！　ちょっと、まっててね」

と私は作業室に移動し、そこでとある魔導具を作成してみんなのところに戻った。

香水　＋　スライム液　＝　悪者ほいほい

・悪者ほいほい
不思議な香りでおびき寄せ、粘着性の液体によって相手を捕獲する。香りは邪悪な心を持った者にしか効果がない。

「これがあれば、だいじょぶかな?」

「うん……十分だよ!　やっぱりヒナはすごいね」

完成した魔導具の悪者ほいほいを見て、ライナルトは目を輝かせた。

『ではこれで足止めしている間に、我が輩とアーヴィンがヤツらを片付けるということだな?』

今度はハクが口を挟む。

「そういうことだね。でも……出来れば、アーヴィンかハクのどっちかは戦力として残しておきたいね。誰かひとりでも取り逃してしまったら、そいつとまともに戦える人はいないんだし……」

「それだったらたぶん、もんだいない……かもしれない」

私の発言にみんなの注目が集まる。

「わたし、あのもりで――」

私は自分の考えを、ライナルトたちに伝えた。

するとライナルトとシーラさんは驚いた表情。アーヴィンとハクは「なるほど……」と納得していた。

「そんなことがあったんだね。うん……それだったら唯一の懸念だった部分も解消出来そうだ」

私の案も無事に採用。

よーし、これでギヨームをギッタンギッタンにするんだからね！

「私は……お留守番かな？」

シーラさんが首を斜めに傾ける。

「私もヒナちゃんの助けになりたい……と思うけど、私なんかじゃやっぱり足手まといだよね」

「いや——出来れば、こちらとしても保険は作っておきたい」

「？」

とライナルトが取り出したのは、変装ハットであった。

「本当は僕がこの役目を担うつもりだったけど——君はこれを被って、ヒナに変装してくれないかな？　そしてギヨームの前に君が姿を現す。するとヤツらは怒って、ヒナに変装した君を追いかけるはずだよ。疲れて思考能力も低下するだろうし、ヤツらはきっと悪者ほいほいにかかってくれる」

「わあ！　責任重大だ！　でも分かったよ。万が一にでもヒナちゃんを危険な目に遭わせるわけにもいかないし……その役目は私がするのが一番だね」

かなり危険な役回りのはずなのに……シーラさんは快く引き受けてくれた。

「シーラしゃん、だいじょぶ？　こわくない？」

「ううん！　そんなことないよ！　アーくんとハクもいてくれるんだからね。ヒナちゃんの力になれると思ったら、私も嬉しいんだ！」

笑顔のシーラさんはそう胸を叩いた。


——というのが今回の顛末。

私たちの作戦がはまり、ギヨームたちは面白いくらいに罠にかかってくれた。

あっ、ちなみに……悪者はいほいに引っかかった宮廷魔導士たちは、殺したりはしていない。

ハクと彼がそういう風に魔物たちを制御してくれているはずだ。

帝国の宮廷魔導士が悪者であることには間違いないが、彼らもギヨームの被害者ともいえる。

それなのに殺しちゃうのは……と気が引けたのだ。

今頃、ハクや魔物たちに囲まれて、身動きが取れなくなっているだけのはず。

「こ、こんの……っ！　愚民共がぁああああ！」

アーヴィンに背中を踏まれているギヨームが、悔しそうに声を出す。

「どうしてヒナがふたりいる？　魔法か？　それにあのネチャネチャの液体も、貴様らの仕業か！　私にこんなことをしてタダで済むとは思う——んもごっ⁉」

「うるさい」

アーヴィンが足を離し、今度はギヨームの頭に下ろした。

うわ……下は柔らかい地面だから大丈夫だと思うけれど、けっこう痛そうだね。

「これで終わりだ。お前らがヒナを誘拐しようとしたことは、最初から分かっている」

「な、なにを言って……私は……っ」

この期に及んで、ギヨームはまだ言い逃れをしようとした。

「あーびん。ちょっと、おろしてくれる？」

アーヴィンに抱えられていた私は彼にそう言って、地面に足を下ろす。

そしてギヨームの前に立った。

「ヒ、ヒナ……元はといえば、貴様が全部悪い……今なら許してやる。さっさと国に……戻って――」

「もういちど、いうよ？　――にどとこないで！」

まだ悪意を向けているギヨームに対して、私はぴしゃりと言い放った。

ふう……すっきりした。

あんなに怖かったギヨームだけれど、もうその顔を見ても体が固まったりしなかった。

「お前の身はライナルトに引き渡す。そうすれば、最悪国と国の問題に発展する。帝国としてもお前に厳しい処分を下さざるを得ないだろうな」

そう言って、アーヴィンはその場で屈んだ。

そしてギヨームの前髪を掴み、顔を上げさせる。

「だからこれで一件落着だ。だが――」

「な、なにを……っ！　ぐはあっっっっ！」

アーヴィンが思い切り、ギヨームの顔面をぶん殴った。

彼は衝撃で吹っ飛び、鼻血を出して近くの木に激突した。

「それでは俺の気が済まん。一発くらい殴らせてもらっても、バチは当たらないはずだ」

パンパンと手を払うアーヴィン。

――こうして私たちはギヨームとの小さな戦争に勝利したのである。

# 二話

# ◆祝勝会◆

――あれから数日が経った。


「ふふふん♪」

私は鼻歌を口ずさみながら、バートさん夫妻の喫茶店――『風と光の喫茶店』をパーティー仕様に飾り付けていた。

「ヒナちゃん。ちっちゃい手をしてるのに、器用だね～」

その様子をバートさんの妻、ミアさんが覗き込んでくる。

「そうかな？」

「そうだよ～。でもこんな紙切れで立派な飾り付けが作れるんだね！　すごいな～」

ミアさんが私が作った飾り付けを見て、感心していた。

ちなみに……私が使っている飾り付けの素材は、前世の日本でもあった『折り紙』だ。

当たり前かもしれないけれど――この世界では折り紙という文化はないらしい。

だから私はカラフルな紙を貰って、それを長方形に折ったり切ったりして……こうして飾り付けているわけだ。

「それはなんだ？　鎖みたいな形だが……」

厨房から顔を出して、今度はバートさんが声を出す。

「わかざり、っていうかざりだよ。だれでもかんたんにつくれる、バートしゃんもまたためしてみて」

「おお、そうだったのか。華やかで、見ているだけで気分が上がるな」

「ヒナちゃんに教えてもらったから、私も作れるよ～」

ミアさんも私の真似をして、輪飾りを作っている。

さすがはミアさん。一回教えただけで、すぐに折り紙をマスターした。元々器用だったのかもだね。

「おお、そうか。だったら今度、寝室をこれで飾り付けてみよう」

「それもいいかもね～」

……あのー、バートさん、ミアさん。寝室をこれで飾り付けたら、目がチカチカして眠れそうにないと思うけれど……。

だけどふたりが楽しそうなら、それでいっか。

「……？　どうしたんだい、ヒナちゃん。俺の顔になにか付いてるか？」

「な、なんでもないでしゅ！」

じーっとバートさんたちを眺めていたせいだろう、不審がられてしまった。

## ◆祝勝会◆

私は慌ててふたりから視線を外す。

――バートさんとミアさんは私の本当の両親だ。

その真実を知ってからは……なんというか、印象がどうしても変わってしまう！

ギヨームに攫われなかったら、私はふたりの子どもとして会話に混じっていたのだ。

真実をふたりに打ち明けようと一瞬考えるけれど……それはもうちょっとあと。

焦らなくてもいいよね。

「ハクー。ここ、とどかないー」

『うむ。では我が輩の背中に乗れ。そうしたら届くだろう』

ハクが私に背中を見せる。私は有り難く、ハクの背中に乗って飾り付けをした。

「よし……こんなものかな」

ハクから降りて、私は腰に手を当てて店内を眺める。

喫茶店の一番目立つところ。

そこには『しゅくしょうかい！』という文字が書かれた垂れ幕が掲げられていた――。


そうなのである。

今回は先日の件について、せっかくだから祝勝会を開くことになった。

どうしてあれから数日が経過しているのかというと、ペルセ帝国との話し合いでバタバタしていたからだ。

もっとも、私じゃなくて主にライナルトが……だけどね。

ちなみに……所々正しい情報はぼかしてはいるが、バートさん夫妻にも事情は説明している。

そして祝勝会のために喫茶店を貸し切らせて欲しい……というお願いをすると、彼らは快く頷いてくれた。

というわけで——今夜はここで楽しい楽しいパーティーだ！


カランカラン——。

飾り付けもあらかた終わったところで、人の入店を告げる鐘の音が鳴り響いた。

「おっ、なかなかキレイに飾り付けられているな」

「ヒナちゃーん、来たよ！」

アーヴィンとシーラさんが、ふたり揃って仲良くお店にやってきた。

「いらっしゃいませ！」

私はそう言って、ふたりに頭を下げる。

そんな私の姿を見て、ふたりの目尻が下がった。

「全く……祝勝会の準備なら、俺も手伝うというのに。ヒナはまだ小さいのに頑張り屋さんすぎるぞ」

「ふふふ。ヒナちゃん、言ってたでしょ？　私たちをビックリさせたいから、飾り付けは自分でする！　って」

「それはそうだが――まあなんにせよ、驚いた。これはヒナひとりでやったのか？」

「ミアしゃんとハクにも、ちょっとてつだってもらった」

私はそんな会話を交わしながら、ふたりをテーブルまで案内する。

テーブルには次々と祝勝会の料理が並べられていった。

バートさん、フル回転である。私もちょっと手伝ったけれど……料理担当はバートさんが頑として譲らなかった。

「ライナルトは、まだかな？」

「うむ……職務を終わらせてから来ると言ってたから、もう少し――」

とアーヴィンが口にしようとした瞬間であった。

「やあ」

紳士的な佇《たたず》まいのおじさんがお店に入ってくる。

「ライナルト」

私がそう名前を呼ぶと、彼は帽子を脱いだ。

するとなんと変装ハットの効力が切れて、おじさんはいつものイケメン王子――ライナルトの姿に様変わりだ。

「ごめんごめん。遅かったかな？」

「そんなこと、ない。ライナルトだっていそがしいから、しょうがない」

「はは、そう言ってもらえると気が楽になるよ。本当ならお城から抜け出すのに、もう少し時間がかかるけれど……君が作ってくれた変装ハットのおかげで、ここまで楽に来られたよ」

ライナルトは人差し指で帽子をクルクル回す。

以前のギヨームとの戦いにおいても、大活躍だった変装ハット。気に入ってくれたようでなによりだ。

「しかし……それは本当にすごいな。ヒナに変装したシーラに、ギヨームが騙されていたのも仕方がない」

「でも、あーびんはだまされなかったよね」

最初――変装ハットを被って、私の姿に変わったライナルトをアーヴィンが見破った時のことを思い出す。

しかし彼は首を横に振って、

「いや、あれはたまたま運がよかっただけだ。それくらいヒナの魔導具は完璧だ」

「アーくん、ヒナちゃんの姿で甘いことを言われたらコロッと騙されそうだもんね」

「それは否めない」

うーん、そんなにかなあ？

でもシーラさんの言うことにも一理ある。この魔導具に限らず、アーヴィンが悪い人に騙されちゃうのは嫌だ。

なんとか対応策を考えなくては……あっ、そうだ！

「あーびん、あーびん」

「ん？」

私はアーヴィンに近付いて、彼にだけ聞こえるくらいの声量でこう耳打ちした。


「おーるらいと」


「ん……どういう意味だ、それは」

アーヴィンが不思議そうにする。

「もんだいなし、っていみだよ。これを、わたしとあーびんだけの、ひみつのあいことばにしよ」

もし彼が今後悩んだとしても、この合言葉さえ聞けば私だということが分かるだろう。

――というようなことをアーヴィンに言った。

「――っ」

すると彼は目を瞑って、少し上向き加減になる。

「ちょっと、アーくん！　狡いよ！　なんて言われたのか教えて！」

「なにを言う。ヒナが俺のために考えてくれた合言葉だ。お前に教えたら意味がないだろう」

シーラさんがアーヴィンを問い詰めるが、彼は決して喋りそうにない。

秘密の合言葉、シーラさんとも作ろうかな？

って思っていたんだけれど——。

『さて……これで全員揃ったのか？』

ハクが辺りを見渡しながら言う。

そのせいで、このことはなんだか有耶無耶になってしまった。

「ううん。もうひとり、すぺしゃるげすとをよんでるよ」

「スペシャル……ゲスト？」

アーヴィンが首をかしげた。


——これまだみんなにも伝えていないこと。


きっと来てくれたら、最高のサプライズになると思ったから。

以前の戦いでの活躍を考えても、彼をここに呼ばない理由はなかった。

「きっと、きてくれるはず……」

私がそう期待を膨らませていると、
――カランカラン。
鐘の音が鳴る。
お店に入ってきた彼の姿を見て、みんなは目を丸くした。
そして優しげな笑みを浮かべ、
「こんばんは」
彼――大精霊はそう口にした。

作戦を決行する前に、私たちはまず大精霊に会いにいった。
『だいせいれいしゃん、おねがい。わたしたちにちからを、かして』
私がお願いすると、大精霊が驚いた顔をしたのがやけに印象に残っている。
私たちが大精霊にお願いしたことは主に三つ。

一、魔物の森内でのギヨームらの位置を正確に教えて欲しい。
二、囮になるシーラさんに被害が及びそうな場合、彼女を守ってあげて欲しい。
三、森の中に住まう魔物たちの制御。

……である。

私が最初森に捨てられた時、私は一体たりとも魔物に遭遇しなかった。おそらく大精霊が魔物を制御してくれたんじゃ？　と考えたわけだ。

あとは森の中の方が、大精霊の『声』がよく聞こえていたこと。

さらに彼は森から出ようとしなかった。

このことから、私は魔物の森は大精霊のテリトリーみたいなものと考えたのだ。

だからこの三つを大精霊にお願いした。

問題は彼が私たちに力を貸してくれるのか……ということ。

私が話を打ち明けた時、大精霊は少し悩んだ素振りを見せたけれど……。

『……分かりました。二度と人間には手を貸さないと決めていましたが……あなたなら別です。僕でよろしければ力になりましょう』

と首を縦に振ってくれた。

◆祝勝会◆

「かれがこんかい、だいかつやくだっただいせいれいしゃん、だよ」

「初めまして」

大精霊はみんなの前で頭を下げる。

「初めまして。僕はライナルト」

「私はシーラ！　仲良くしようねー！」

彼を初めて見るライナルトは薄く笑みを浮かべて、シーラさんは友達と接するように気さくに挨拶した。

ふたりには今回の作戦のことは打ち明けていたけれど、こうしてちゃんと大精霊と顔を合わせるのは初めてだからね。

でもふたりのことだから、大精霊を前にしても態度を変えないって思っていたから、この反応は予想出来た。

問題はバートさんとミアさんなんだけれど……。

「俺はこの店の店主のバートだ。ヒナのお友達ってことくらいは聞いているぞ」

「大精霊ってすごいんだね～。私、ビックリしちゃった」

「俺もそうだ。まあ大精霊がなんなのか、いまいち分かっていないんだがな。ガハハ！」

……よかった。

バートさんとミアさんも、大精霊を変な風に見ていないようなのでひと安心。

それにしても……ミアさん、全くビックリしていないように見えるけど!?

まあこれもおっとりしたミアさんらしいから、別にいっか。

「なんどもいうけど……だいせいれいしゃん、こんかいはほんとうに、ありがと。やっぱりあなたって、すごいんだね」

## ◆祝勝会◆

美味しい料理に舌鼓を打ちながら、私は彼にそう話しかける。

ギヨームたちは最初、魔物に出くわさなかったせいで気が緩んでしまった。さらに変装ハットを被ったシーラさんに魔法を放っても、それが不自然に軌道を変えて彼女に命中しなかった。

さらには悪者ほいほいで身動きが取れなくなってしまったあいつらに、ハクと共に魔物が一斉に襲いかかったのも――全て大精霊のおかげなのだ。

「そんなことありませんよ。僕がやったことは大したことじゃありません。変装ハットや悪者ほいほい……全てあなたの魔導具がなければ、成立しないものでした」

大精霊がニコニコしながら答える。

でもちょっと居心地が悪そうだ。表面上は楽しそうなんだけどね。やっぱり人間がこれだけ多いと、落ち着かないんだろうか？

「今回のＭＶＰは君といっても過言じゃないだろうね。実際、君のおかげで作戦もスムーズに進んだ」

「いえいえ」

ライナルトは大精霊を称賛するが、当の彼は笑顔を貼り付けたまま謙遜するばかり。

うーん、もうちょっと心を開いてくれたら嬉しいんだけれど……まあいきなりは無理か。

「それにしても……店主。この紅茶は店主が淹れてくれたのか？　いつもより美味しい気がする」

隣ではアーヴィンがバートさんに話しかけていた。

「ん？　まあ淹れたのは俺だが……大したことはやってねえ。ただ違うところといえば——紅茶をヒナちゃんが作ってくれたティーポットに入れておいたんだ」

「ヒナが？」

アーヴィンが私に目をやる。

私は胸を張って、こう答える。

「まほうびん、つくった！」


雷の魔石（低級）　＋　火の魔石（低級）　＋　ティーポット　＝　魔法のポット

・魔法のポット
中に飲み物を入れておくと、長時間保温・保冷することが出来る。さらに飲み物は魔導具の効果によって、天にも昇るような美味しさに生まれ変わる。


これが今回の魔導具だ。

ペルセ帝国でよく作っていた水筒を応用したものだけれど……アーヴィンのお眼鏡にかなったみたいで、なにより。

◆祝勝会◆

『ヒナはなんでも作れるのだな。さすが我が主。我が輩はヒナに仕えることが出来て光栄だぞ』

近くでお座りの体勢をしているハクも、何故だかドヤ顔だ。

ドヤってる時のハク、とっても可愛い！　抱きしめたい！

そういう感じで楽しく談笑していると……。


「はいはーい！　今日のメインディッシュだよ～」

「とくとご覧あれ！」


ミアさんとシーラさんが厨房からとある料理を持ってきて、みんなから「おお！」と歓声があがる。

それは……大きなケーキだった！

天辺が天井に着いてしまわんばかりの巨大なケーキ。真っ白な生クリームに苺がトッピングされている。

彼女たちはキッチンワゴンにケーキを載せて、それをテーブルの近くに置いた。

「すごいな。圧巻の光景だ」

「ここまでのものは僕でも、あまりお目にかかったことはないね」

『旨そうだ』

アーヴィンとライナルト、ハクの順番でケーキの感想を口々に言う。

大精霊も驚いた様子でケーキを眺めている。バートさんは自分が作っていないのに、腕を組んで誇らしげだった。

「でしょー！　でもこれ、ヒナちゃんが作るのを手伝ってくれたんだ！」

みんなの視線が私に集まる。今夜何度目になるか分からなくなるくらい――えっへんと再度胸を張った。

前世で友達の結婚式に何度かお呼ばれしたことがある。その時に出てきた大きなウェディングケーキのことは、今でも鮮明に記憶に残っていた。

そして私は思ったのだ。

いつか私も作って食べてみたい――って！

でもその夢は叶わなかった。

結婚する機会があったら、自分で作ってみてもいいかも……と思ったけれど、そんな男性に巡り合えなかったからだ。残念。

最後の仕上げをミアさんとシーラさんに任せたんだけれど……想像以上の出来になったようで、なによりだ。

「さあさあ、みんなお食べ～」

おっとり声でミアさんが告げる。

その後、私たちはナイフでケーキを切り分け、次々と口にしていったんだけれど……。

「旨い！　甘いものはあまり得意じゃなかったんだが、これはすいすいいけるな」

アーヴィンは大絶賛。

「ほお……これはまた美味しいですね。人間の作る料理は、やはり格別です。これだけでも人里に降りてきた甲斐があるというものです」

大精霊も感動しているご様子。

他のみんなも似たような反応だった。

『ヒナよ。口元にクリームが付いているぞ』

「え？」

ハクに言われて、私は口に手をやった。

ほんとだ……手にクリームが付いちゃったや。

美味しいからつい勢いよく食べてしまったけれど、このちっちゃな口だと食べにくいんだよね～。

前世と同じような感覚で食べると、このようなミスを犯してしまうことがある。

「たおる……どこかにないかな」

『その心配はいらぬぞ』

ペロッ。

私がタオルを探そうとすると、それよりも早くハクが口の周りを舐めてくれた。

「ははは、ハク〜。くすぐったいよ〜」

ハクの舌はざらざらして気持ちいいんだけれど、くすぐったくて笑ってしまう。

私がハクと戯れている光景を、他のみんなは微笑ましそうに眺めていた。

私たちはそんな感じで楽しく、ケーキや他の料理に舌鼓を打っていた。

「そういえば、ライナルト様。ペルセ帝国の……ギヨームとかいう男はこれからどうなるのか決まりましたか？」

切り分けたケーキを片手に、アーヴィンがライナルトに質問する。

「うん……ひとまず今の役職からは外されるだろうね。あとはそれ相応の罰が与えられるはずだ。死刑にはならないと思うけれど……」

「そ、それだけですか？　あいつらはヒナや、他の魔力を持った子どもを……酷い目に遭わせていたんですよ。他国の子どもを攫うなんて真似をしていたのに、あまりにも甘い処分だと思いますが？」

アーヴィンは怒気を含ませつつ、小声でライナルトに言っている。

小声で話すってことは……バートさんとミアさんに聞こえないようにする配慮なのかな？

彼らには「悪いヤツをアーヴィンたちがやっつけてくれた」とは伝えているが、詳細は言っていない。

部外者——とも言えないんだけれど、彼らが一般市民であることには間違いない。今回は政治的な話も絡むし、ライナルトが一旦秘匿することにしたのだ。

バートさんたちがこのことを知ったことによって、彼らが帝国に目を付けられても困るからね。

「……僕だって歯痒いんだ」

ライナルトの表情が影を帯びる。

「だが……ヒナの存在を兄上たちにはまだ隠しておきたい。彼女を危険な目に遭わせたくないからね。そうなると……あまり詳しくは喋れない。これは僕の力不足だ。ごめん……」

「ラ、ライナルト様が謝らないでください！　俺の方こそ言いすぎました。申し訳ございません」

お互いが謝り合う光景。

うーん、やっぱり他国となったら色々と政治的なことが絡むんだね。政治の話は難しい……。でも。

「らいなると、あーびん——ふたりとも、がんばった」

手を伸ばして、順番にふたりの頭を撫でてあげる。

「わたしは、きにしてない。あいつはむかつくけど、らいなるとたちが、がんばってくれただけで、じゅうぶん。ありがとう」

「「ヒナ――っ！」」

アーヴィンとライナルトもジーンときている様子。

そう――ふたりが罪悪感を抱く必要はどこにもない。

今回はみんなが協力して、私のために頑張ってくれたこと……それがなによりも嬉しかった。

「……羨ましいですね」

そんな光景を眺めて、大精霊がぼそっと口にした。

「うらやましい？」

「ええ。僕には、あなたたちのように信頼し合える仲間や友がいないですからね。だからあなたたちを見ていると、とても美しく――そして羨ましく思えるのですよ」

大精霊の顔はどこか寂しげだ。

でも……彼はなにを言っているんだろう？

「だいせいれいしゃん、ちがう」

「え……？」

私は彼の両目をじーっと見つめ、こう言った。

「わたしたち、とっくにおともだち」

「――っ！」

言葉を失う大精霊。

「それなのに、なにをいってるの？　うらやましがるひつようは、どこにもない」

変なことを言うものだ。

私は当たり前のことを言ったつもりだけれど、彼は「友達……」と呟き、言葉を噛み締めている様子だった。

「そういえば……おともだちなのに、なまえもないって、なんだかふべんだね」

私は口元に指を当て、少し考えてから、

「そうだ。あなたのなまえは、クラース。それでもいい？」

と口にした。

「僕に名前を……」

「うん。こっちのほうが、もっとなかよくなれそうだから」

クラースというのは、前世でとある童話に出てきた主人公の名前だ。

とても優しくて、人間にいつも力を貸してくれた彼の姿とクラースが重なった。

もしかして……嫌だったのかな？

ちょっと心配になったけれど、

「クラース――分かりました。ありがとうございます。ヒナが付けてくれた名前ですからね。

大切にさせてもらいます」

とクラースは胸元に手をやって、嬉しそうに笑った。

あっ――やっと笑ってくれた。

私はこの時の彼の表情を見て、何故だかそう感じた。

なんというか……ここに来てから、クラースはずっと作り笑いしているように感じていたんだよね。

彼の素の表情が見られて、私もほっとひと安心だ。

「じゃあ、クラース。まだまだたのしいぱーてぃーはつづく。もっかい、けーきをとりにいこ！」

「はい」

私はクラースの手を引っ張って、巨大なケーキに向かっていった。


祝勝会もお開きになって……。

私たちは店内の後片付けをしていた。

◆祝勝会◆

「クラースは、これからどうするの？」

飾り付けを取りながら、私はクラースにそう質問する。

「そうですね……しばらくこの街にいさせてもらおうと思います。僕は今まで見たくないものを見ようとしなかった。もう少し、人間の暮らしを勉強したいと思いまして」

「そっか……うん、それがいいとおもう！」

昔のことがきっかけで人間不信だった彼からしたら、これは大きな前進だよね。

「でも……もりはだいじょぶ、なの？」

「ええ、心配いりません。最近はあそこの魔物たちも安定していますからね。危険だという噂も立っていますから、悪意ある人間も寄り付かないですし……もちろん、なにかあったらすぐに戻るつもりですが」

「そうなんだ」

だったら不安材料はないのかなあ？

「どこか住むところは決まっているの？」

今度は近くでお皿を片付けていたシーラさんが、クラースに疑問を投げかける。

「いえ、特にありませんね。ですが、僕は精霊ですので住むところは必要ありませんよ。思念体になって街の中を観察させてもらいます」

「しねんたい？」

「うーん……簡単にいいますと、透明人間になるみたいなものですかね。森の中でも基本的にこの状態でいました。思念体になっても『声』だけはヒナに届かせることが出来たんですが」

あ、なるほど。

見た目はただの見目麗しい男性だから忘れそうになるけれど、クラースは大精霊なんだしね。

それくらいの真似はお安いご用なんだろう。

だけど。

「それだったら、つまらなくない？」

「つまらない……？　僕がですか？」

「うん」

クラースの言葉に、私は頷く。

彼は人間のことをもっと知りたいと言っていた。

それなのに思念体になって、黙って見ているだけで分かるんだろうか？

それに……見ているだけだなんて退屈そう。この世界には楽しいことがいっぱいあるのに、それじゃあもったいない気がする。

――ということをたどたどしい言葉でクラースに伝えた。

すると。

「なるほど……ヒナの言うことにも一理ありますね。人間を知るためには、一緒になって暮らしてみるのが一番いいかもしれません」

「そういうこと」

クラースも納得してくれたみたい。

「ですが……住むところがありませんね。僕はこの街の住民ではありませんし、果たして家を借りたりすることは出来るのでしょうか……」

「魔導具ショップに来なよ！　ヒナちゃんもいるんだし、私は賑やかになって嬉しいな！」

シーラさんの提案。

わあ、クラースと一緒に暮らすんだ！　アーヴィンとハクもいるし、それはとっても楽しそう！

だけどクラースは首を横に振って。

「いえ――さすがにそこまで甘えるのは、あなたたちに悪いです」

「うーん、私は全然いいんだけどね。ねー！　ヒナちゃん」

「はい！」

「ありがとうございます。ですが、これは僕の気持ちの問題ですよ。あなたたちの手を借りっぱなしというのは、僕が納得出来ません」

頑として首を縦に振ろうとしないクラース。

うーん、残念。でもクラースがそう言っているんだし、これ以上強く勧めるのも悪いよね。

だけど……住むところかー。なにか良い空き家でもあれば、いいんだけれど……。

そう思っていたら、

「おっ？　住むところを探してるのか。だったら丁度いい空き物件があるぞ」

とバートさんが声を出した。

彼はいくつもの椅子を重ねて、それを片手で持ち上げていた。

バートさん、喫茶店の店主らしからぬ太い腕をしているしね。やっぱり力持ち！

「知り合いが使っていたところなんだけどよ、そいつは今、違う街に引越ししちまって困ってたんだ。空き家のままでも税金を払わないといけないし、掃除も定期的にしないといけないからな。もし中を見て気に入ったなら、俺の方からその知り合いに話をつける」

バートさんの言ったことに、私とクラースは顔を見合わせた。

「クラース！　いっしょにみにいこー」

「そうですね。是非内覧させていただきたいです」

「おお、そうか。あいつも喜ぶぜ。今日はもう暗いから、明日にでも見にいきな。もう一度ここに来てくれたら、地図と鍵を渡すからな」

バートさんが左手の親指を立てた。

人の縁っていうのは素敵なものだね。私たちが困っている時に手を差し伸べてくれる。

これからも、人との出会いは大切にしていこう。

◆祝勝会◆

私はふとそう思うのであった。

「きょうもたのしかったな〜！」

魔導具ショップまで戻ってきて、私はベッドの上で今日のことを振り返っていた。

ギヨームのこともあって、嫌な気持ちにもなったけれど……万事解決して、みんなでパーティーを出来たことが嬉しい。

日々のちょっとした疲れも吹っ飛んだ。

「ハク。シーラしゃんがおふろからあがったら、いっしょにはいろうね」

『うむ』

ハクのもふもふな毛並みを撫でていると……。

『ヒナ、少し話をいいですか？』

とクラースの声が聞こえてきた。

だけど姿は見えない。取りあえず今日のところは思念体になって、夜を過ごすことになったからだ。

「はい？　いいでしゅよ。でもすがたを、みせて。これじゃあ、はなしにくい」

『分かりました』

するとと目の前に白くて優しい光が現れて、やがてそれはクラースの姿を形取った。

魔物の森で初めてクラースと会った時と、同じような光景だね。

「はなしって、なに？　だいじなこと？」

「いえ――あなたにとってはどうかは分かりませんが――そうでもありませんよ。ですが、ペルセ帝国との戦いや祝勝会もあって、聞くのをつい忘れていました」

「？」

クラースの言い回しに、私は首をひねった。

彼はコホンとひとつ咳払いをしてから、こう口を動かす。

「ヒナの過去を見た時――あなたにはふたつの道があった。しかもひとつは違う世界に通じる道です。あなたがよければ、そのことについてもう少し詳しくお話を聞かせてもらいたいのですが……」

「あっ」

私もそれで思い出した。

そう――クラースに過去を見せてもらうことによって、バートさん夫妻が私の本当の両親だということを知った。

だけどその過程で、彼に私が前世の記憶を持っていること――そして違う世界から転生してきたことがバレてしまったのだ。

「あっ、都合が悪ければ話さなくてもいいんですよ。ですが、転生者は僕も初めて見るんです。だから興味をそそられただけですので……」

『ヒナ、転生者とはどういうことだ？　我が輩も詳しく聞きたい』

ハクも詰め寄ってくる。

うーん……魔獣のフェンリルと大精霊相手なら、このことを打ち明けてもいいかなー……。人間とはまた違う常識を持っていると思うし。それが原因で私を嫌ったりすることもないだろう。

私は少し迷ったけれど、

「実は……」

――自分の事情を説明した。

ここことはまた別の世界から転生してきたこと。意識がはっきりした時には、ペルセ帝国に攫われていたこと。

ゆっくりとしか喋れなかったけれど、クラースとハクはそれに口を挟まず耳を傾けてくれた。

やがて説明を終えると、

「なるほど。そういう事情があったんですね」

『ほほお、ヒナが転生者だったとはな』

とクラースとハクは言った。

あれ？

もう少し驚くと思ったんだけれど……クラースとハクの表情を見るに、私の言ったことを素直に受け止めているようだ。

「もしかして、しんじてない？」

「いえいえ、そんなことはありませんよ。僕はヒナにあったふたつの道も見ていますしね」

『ヒナが我が輩たちに嘘を吐くはずがない』

「だったら、どうして……」

私が不安になって呟くと、クラースが口を動かす。

「元々、何年か周期で異世界からの転生者は現れるものなんですよ」

「そ、そうなの⁉」

「はい。百年周期くらいですが……十年で新しい転生者が現れた例も聞きますし、千年現れなかったこともあります」

「ということは……わたしいがいにも、てんせいしゃが？」

「その辺りについては、なんとも……ヒナのように前世の記憶を持っているとも限りませんからね。それに僕が転生者と知り合ったのはヒナが初めてです」

驚愕の事実に私はつい前のめりになってしまう。

私以外にも転生者がいるかも――。

クラースは知らないみたいだけれど、またいつか巡り合えるかもね。まあ大体百年周期みたいだし、死んでいる可能性もあるのかな？

でもまだ見ぬ転生者の姿を思い浮かべると、胸が弾んだ。

「ハクもしってた？」

『噂ぐらいでは……な。我が輩のようなフェンリルや、こいつのような大精霊ではそもそもからして人間と寿命が違う。長く生きていれば、色々と知ることもあるのだ』

「ということは……あーびんとかは、しらない？」

『おそらくな』

とハクは頷いた。

「ヒナはこの世界の成り立ちについては知っていますか？」

「あんまり、しらない……かも……」

この歳までペルセ帝国の宮廷に閉じ込められて、情報が耳に入ってこなかったからね。そのせいで色々と世間知らずなのである。

しかしクラースはそれを咎《とが》めたりもせず、優しい声音で話を続ける。

「この世界は元々、『アステラ』と呼ばれる女神様によって作られました。そして彼女は最初、僕——大精霊やフェンリルのような生命を作り出したのです」

「ということは……アステラってめがみさまは、クラースたちのおかあさんみたいな？」

「僕だけではありませんよ。ヒナやアーヴィンといった人間も、みんなアステラ様の子どもです。まあ……人間は僕みたいな大精霊と比べて、アステラ様との繋がりも薄いんですが……」

「そうなの？」

「はい。そもそも本来、大精霊は人間界に降り立ち、アステラ様の手足となって働く存在なんです」

「ふうん。つまりクラースは、アステラのぶかってことだね」

「ふふふ、そうかもしれませんね。まあ大したことはしていませんが……」

クラースは少し笑ってから、さらに続ける。

「そして……アステラ様はたまに、他の世界から人間を転生させることがあります。それが転生者——ヒナですね」

「たまに……？　どうして、そんなことするの？」

「それについては僕も分かりません。ちゃんとした理由があるのかもしれませんし、ただの戯れかもしれません。アステラ様は全てを僕たちに語ってくれるとは限らないので」

とクラースは首を左右に振った。

うーん……機会があったら理由を聞いてみたいなあ。

それになにより――こんな素敵な世界に招待してくれて「ありがとう」ってちゃんと伝えたい。

クラースから説明を聞いて、私は強く感じるのであった。

「あーびんたちには、このことをいわないほうがいいかな？」

「あの人たちなら大丈夫だとは思いますが……多分、信じてもらえないかと」

『わざわざ伝えなくても、ヒナはヒナだ。焦らなくてもよいのでは？』

クラースとハクがそう言ってくれているので、彼らの意見に従うとしよう。

「ヒナ。話してくれて、ありがとうございます」

『我が輩からも礼を言う』

「いいの！　だってクラースもハクも、わたしのたいせつなおともだちだから！」

私もクラースとハクにこのことを打ち明けることが出来て、すっきりした。

おかげで今夜はぐっすり眠れました。

《クラース》

――僕が祝勝会に呼ばれるとは思っていなかった。

最初、ヒナから招待を受けた時は耳を疑った。

確かに僕はヒナを助けるために力を貸した。

だけどそれはアーヴィンやハクを助けるために、ヒナを利用するような真似をしてしまった罪滅ぼしのつもりだった。

あくまで一時的なものだと思っていたし、それだけで彼女らの仲間に加えてもらえるとは——これっぽっちも思っていなかった。

人里に降りることはちょっと怖かった。

昔、僕を利用しようとしてきた薄汚い人間の姿が、どうしても脳裏に浮かぶからだ。

しかしヒナのことは信頼している。

だから勇気を出して、祝勝会に参加した。

祝勝会は予想以上に楽しかった。

それはずっとここにいたいと思ってしまうほどに——。

だけど——それはいけないことなんだ。僕はヒナたちの仲間にはなれない。ちょっと寂しい気持ちにもなった。

とはいえ、それを表に出して楽しい場を盛り下げてはいけない。

だから僕はニコニコと笑顔を浮かべて、雰囲気を壊さないように徹していた。

「……羨ましいですね」

でも――彼女たちのことがどうしても羨ましく思えて、無意識にそんな言葉が口から出てしまっていた。

僕もこの輪の中に入れたらいいのに――と。

しかし彼女はきょとんとした表情で、

『わたしたち、とっくにおともだち』

と言ってくれた。

それを聞いて、僕は感動で胸が押し潰されそうになった。

なんてことだ――。

僕は彼女らとは違う。仲間や友達になりたくても、それは決して許されないことなんだと思っていた。

だが、ヒナは僕のことを友達と言ってくれた。

今までの凝り固まっていた僕の考えが、ほぐれていった。

『そうだ。あなたのなまえは、クラース。それでもいい？』

さらに彼女は僕の名前も決めてくれた。

なにからなにまで僕のことを気遣ってくれるヒナの姿を見て、さらに彼女のことが好きになった。

そしてこう思う。


――彼女の近くにいたい。

――彼女と同じところで生活したい。


だから僕は森から出て、この街でしばらく暮らす気になった。

そもそも僕は今まで、自分の世界に引きこもりすぎたんだ。

人間の中にだって、ヒナのように可愛くて素晴らしい女の子もいる。

一度、殻を破って自分の世界を広げてみようと思った。

本当に……彼女には何度、感謝してもしきれない。それくらい、僕は彼女から色んなものを貰った。


――さらにヒナは転生者なのだという。

あの時、ヒナには伝え忘れていたが――女神アステラ様は澄んだ魂の持ち主を転生させるとも聞く。

つまり前世の彼女はアステラ様に見出されたのだとも言えた。

アステラ様のお考えは分からない。

だけどヒナがこの世界に転生してきた理由が、きっとどこかにある——僕はそう思わざるを得ないのであった。

## ◆いただきます亭◆

翌朝。

私はハク、クラースと一緒に昨日バートさんに教えてもらった空き家へと向かうことになった。

ちなみに……アーヴィンも開店を手伝ってくれようとしたけれど、悪い気がしたので断った。アーヴィンも暇じゃないからね！　騎士団のお仕事もあるんだし！

『いや、それくらい俺はいいんだが……』

『アーくん、ヒナちゃんをもっと信頼してあげなよ。彼女もひとりのレディーなんだから！』

『そんなことを言うのは、まだ早い気もするが……まあ一理あるか。手伝って欲しくなったら、すぐに言うんだぞ』

とシーラさんと喋っているアーヴィンが腑に落ちない顔をしていたのが、やけに印象に残っている。

そして空き家の前まで到着したんだけれど……そこは私たちが想像していたものとは少し違っていた。

「きっちんだー！　ひろい！」

私はキッチンに足を踏み入れて、つい興奮する。

魔石コンロが何口もある。調理場や流し台も広くて、これだったら美味しい料理をいっぱい作るのに困りそうもない。

しかもこのコンロ……なかなか高級なもののようで、高火力で食材に火を通すことも出来る。作れる料理の幅が広がるね！

「今はもう使っていない飲食店とバートさんは言っていましたね。ちょっと埃っぽいですが、掃除をすれば十分使えそうです」

クラースがそうコメントする。

そう——ここは空き家は空き家でも、ただの家じゃなくて空き店舗だったのだ。

どうやらバートさんの知り合いは、ここで飲食店を営んでいたらしい。

けっこう繁盛していたみたいなんだけれど、仕事の都合で泣く泣く閉店して、他の街に引っ越ししてしまったということだった。

『うむ、二階が居住スペースになっているようだな』

先に二階を見てきてくれたハクが、階段を下りながら口にする。

「住むのも問題なさそうですね」

「だね！」

うーん……でもこんなに立派なキッチンがあるんだから、ただ住居として使うだけなのはもったいない気がするなあ。

……そうだ！

「クラース。ここでおみせをひらいてみたら、いかが？」

「お店を？」

クラースが首をかしげる。

「うん。にんげんのしゃかいで、くらしていくためにはおかねがひつよう。はたらかなくちゃ、いけない。はたらかざるもの、くうべからず」

『それは良い考えかもしれぬな。我が輩としても、美味しい料理を食べさせてくれるところが増えると有り難い』

「そうですね……」

顎に手を当て考え込むクラース。

しかし結論が出るのには、そう時間はかからなかった。

「……うん。人間社会に溶け込むためには、飲食店というのはいいかもしれません。色々な人が訪れてくれるでしょうから」

「きまりだね！」

指を鳴らす……つもりだったけれど、失敗してペチンッていう間抜けな音が出た。ちっちゃな手だとやりにくいんだよね。

クラースは大精霊だ。生きていくためにお金なんて必要ないかもしれない。現に魔物の森で暮らしている時は、そうだったんだろうしね。

だけど私はクラースに幸せになってもらいたい。

そのために彼はみんなと同じようにお金を稼いで、街に溶け込む必要があると思ったのだ。

……まあ半分私の趣味が入っていることは否めないけどね！

手伝いと称して、たまにここに料理を作りにきたい。

「おみせがきどうにのるまでは、わたしもてつだうから！」

『まずは店内の片付けをしなければならぬしな。このままではさすがに開店出来ないだろう』

「ありがとうございます」

とクラースが笑みを浮かべて、お礼を口にした。


そのままお店の片付けに移行してもよかったが——私にある考えがあったので、一日だけそれを待ってもらった。

そしてとある魔導具を持参して、昨日と同じメンバーで空き店舗を訪れた。

「じゃあ、はじめよっか」

店内を眺めながら、私はそう声を発する。

お店の中には椅子やテーブルが雑に置かれている。まずはこれをちゃんと並べるところからスタートかな？

ちょっと重労働だね。

この小さい体じゃ、椅子をひとつ運ぶだけでもひと苦労だ……。

そう考えていたら、

「少し待っててくださいね」

とクラースは手をかざした。

すると――なんてことでしょう（某番組風）。

椅子やテーブルが光り出したかと思ったら、それらがひとりでに浮遊し出した。

ゆらゆら～、ゆらゆら～。

という感じで椅子やテーブルが動き、あっという間にキレイに並べられた。

「すごい！　それって、まほう？」

「はい。これくらいならお安いご用です」

『むむむっ。さすがは大精霊だな。ヒナに褒められるとは羨ましい。手柄を取られてしまった……』

ハクは悔しそうに「くーん」と鳴いた。

「ハク。やることは、まだまだある。ハクのかつやくのばは、のこってる」

フォローしながら、ハクの顎の下を撫でてあげる。

ハクが気持ちよさそうに目を瞑った。やっぱり顎の下が気持ちいいというのは、犬や猫と一緒なんだね。

「さて……次は店内の掃除ですね」

クラースの魔法のおかげで、これだけでも店内はそれっぽく仕上がっている。

しかしやっぱり店内は全体的に埃っぽい。

飲食店なんだし、衛生には気をつけないと。

「もしかして……そうじもまほうで、やれちゃう？」

「いえ——浄化魔法は使えますが、それはあくまで空気中のバイキンを取り除くもの。それだけでは不十分でしょうね」

それだけでもすごいと思うけれど……。

でもいくらバイキンをやっつけたとしても、埃っぽい飲食店なんかに誰も来たくないだろう。

やっぱり清潔な店内で食事をする方がお客さんも喜ぶだろうし、働く店員たちも気持ちがいいはずだ。

「地道にやっていくしかありませんね。確か……倉庫部屋に掃除用具があったような……」

とクラースがそれを取りにいこうと足を踏み出す――その前に、

「しんぱいむよう」

と私は彼を手で制した。

「そんなことしなくても、だいじょぶ！　こんなこともあろうかと、いいものをつくってきたから！」

「良いもの……？」

クラースが首をかしげる。

私はアーヴィンが貸してくれたマジックバッグから、とあるものを取り出した。

「じゃじゃーん！」

その見た目は灰色のちょっと大きいネズミだ。具体的には私の顔と同じくらいのサイズだね。

『昨日、ヒナが一生懸命作っていたのはそれだったのか？』

「うん！　まどうぐだよ！」

「ネズミ……じゃないですよね。それはどうやって使うものなんでしょうか……」

クラースが不思議そうに私が取り出したネズミ型の魔導具を見る。

「ひゃくぶんはいっけんにしかず！　まずはこれを……」

と言いながら、私は魔導具を床に置く。

「すたーと！」

『おおっ⁉　勝手に動き出した？』

ハクが驚きの声を上げる。

私が開始の合図を口にすると、その魔導具がまるで本当のネズミのように床を走り出したのだ。

魔導具は店内を軽く一周し、私たちのところまで戻ってくる。

「どう？　ちょっと、みてみて」

「……！　そのネズミのようなものの走ったところが、キレイになっているじゃないですか！」

床も埃で白っぽかったんだけれど——ネズミ型の魔導具が頑張ってくれたおかげで、走った場所がピカピカになっている。

『不思議だな。まさかそれで埃を取り除いているのか？』

「うん！」

床をひとりでに走り回り、自動で掃除を行ってくれる。

このような機械は前世でも存在していた。

雷の魔石（低級）　＋　鉄　＋　ネズミのヒゲ　＝　お掃除ネズミ

・お掃除ネズミ

自動で動くお掃除ロボット。自動学習機能も付いており、使えば使うほど賢くなる。可愛くてお掃除上手のペットはいかが？

前世でもひとり暮らしや主婦の方々の苦労を軽減し、掃除業界に革命をもたらした商品。全自動掃除機もとい……その名も『お掃除ネズミ』！

……いや、これは私が勝手に付けた名前なんだけどね。ネーミングセンスが少し安直すぎる気もするが、細かいことは気にしないのだ。

「つくったのは、いっこだけじゃないよ」

私はマジックバッグから他の全自動掃除機——お掃除ネズミを取り出す。

その数、全部で十個。

これだけの数のお掃除ネズミが私の前でずらりと並ぶ。こうしていると、まるで兵隊を束ねている指揮官の気分になるね。

「さあ、いくのだ！　おそうじねずみ！　てんないを、きれいにしなしゃい！」

右手を上げて人差し指を立てる。そしてわざと仰々しい口調でお掃除ネズミに命令した。

そしてお掃除ネズミは「仰せのままに」——とは言わなかったけれど、そんな感じで縦横無尽に床を走り出した。

ふむふむ、この調子だと今回の魔導具も大成功だ。また帰ったら、魔導具ショップに商品として並べてみよ～っと。

「おお……！　どんどん店内がキレイに！」

圧巻の光景にクラースも目を丸くしている。

「ふふふ、どうでしゅか。わたしのおそうじねずみは。ゆうしゅうでしょ？」

「え、ええ。魔法でゴーレムを作り出し、それを使役する術はありますが……これだけ素早く、かつ完璧に動き回るものを作るのはひと苦労です。これは……私でも使えるんですか？」

「うん。めいれいすれば、だれでも、おそうじねずみをぶかにできる」

前世では結局、自分の部下を持つこともないまま死んでしまった。

そのため自分の命令ひとつで動くお掃除ネズミの姿を見ると、なんだか感慨深いものがある。

――お掃除ネズミが甲斐甲斐しく動き回っている光景を、しばらく眺めていると……。

『むむ……』

ハクはお掃除ネズミを見て、何故だかうずうずしている。

「ハク、どうしたの？　なにかきになることでも――」

「わおーん！」

ハクが遠吠えを発する。

突然のことにビックリすると、ハクはお掃除ネズミを追いかけ出した。

「ハ、ハク⁉　なんで、いきなり⁉」

『くっ、許せ！　こんな風に走り回っているものを見ると、フェンリルの本能で追いかけたくなるのだ！』

それってフェンリルの本能というか、まさしく犬と同じだと思うけれど……。

まあ前世でも全自動掃除機に驚いて、逃げたり追いかけるペットは動画で見たことがある。

そう考えたら、ハクの行動もおかしくないかも（？）

楽しそうにお掃除ネズミと鬼ごっこしているハクを眺めていると、ぽかぽかと温かい気持ちになった。


「おそうじ、おわったね」

片付けが終わった店内を一望する。

……うん。十分お店っぽくなったね。これからお皿とか用意しないといけないけれど、このまま開店してもおかしくないくらい。

「これだけ片付けがすぐに終わったのはヒナのおかげです。本当にありがとうございます」

『結局、我が輩はなにも役に立てなかった……』

ハクがしゅんと項垂《うなだ》れている。

なので私は「いてくれるだけで、いい」と頭を撫でてあげる。

なんせハクは私の癒しなんだから！

いつでも私の傍にいて、たまにもふもふさせてくれるだけでいい！

「あとは……そうですね。お店の名前をなんにしましょうか」

クラースが腕を組んで悩み出す。

あっ、そういえば忘れていたね。

その名前を聞けば、誰でもこのお店が思い浮かぶような……そんな覚えやすくて親しみのある名前にしたいな。

でもお掃除ネズミから分かる通り、私はあんまりネーミングセンスには自信がない。

どうしたものかと、クラースとふたりで頭を悩ませていると……。

『……いただきます』

ハクがぼそっと呟いた。

『いただきます……という言葉を使ってみてはどうだ？　ヒナから教えてもらったが、前々からいい言葉だと思っていたのだ』

「ハク！　ないすあいでぃあ」

ハクに向かって親指を立てる。

この世界の人々には馴染みがないと思うけれど、だからこそ一度聞いたら記憶に残るものかもしれないしね。

「いただきます……ですか。そういえば、魔物の森でヒナの作ったご飯を食べる際にも言っていましたね」

「うん！　クラースはどうおもう？」

「素晴らしい考えだと思います。だったら……『いただきます亭』というのはいかがでしょうか？」

「かんぺき！」

いただきます亭。

なんとなく温かい名前の響きだし、それを聞くだけでお客さんの笑顔が頭に浮かんできた。

「すごいよ、ハク～！　さすがわたしのじまんの、ぺっ……じゅうまだね」

一瞬ペットって言いそうになっちゃった……。

『うむ。活躍の仕方が予想とはちょっと違っていたが……ヒナのお役に立てたようでなによりだ』

鼻で息をするドヤ顔フェンリルの体に、私は顔を埋めるのだった。

数日後――無事にいただきます亭開店の日取りも決まり、私は魔導具ショップでビラを配っていた。

「いただきますてい、といいましゅ。よければ、きてください～」

魔導具を買いにきたお客さんに、いただきます亭の宣伝をする。

シーラさんに宣伝について相談すると、快く承諾してくれたのだ。

魔導具ショップに来るお客さんはみんな良い人だからね。是非いただきます亭にも来てもらいたい。

「おお……？　可愛らしいビラだね。ヒナちゃんが作ったのかい？」

「はい！」

私が元気よく返事をすると、お客さんの眉尻が下がった。

ひらがなや漢字だったらもっと上手く書けるけれど、この世界の文字はまだちょっと苦手……。

たどたどしい手つきで書いているため、見る人からしたら読みにくいかも。

でも——代わりと言ったらなんだけど——ビラの端に犬やネズミのイラストを描いている。

ハクとお掃除ネズミがモデルなんだけれど……それが可愛いとなかなか好評みたいだ。

「ヒナちゃんが言うなら行ってみるよ。開店、楽しみにしてるね」

「おねがい、しましゅー！」

私が頭を下げると、お客さんは笑顔で帰っていった。

「調子は上々みたいだね。開店の日はきっとお客さんがいっぱい来てくれるよ。私も絶対に行くから！」

シーラさんもそう言ってくれる。

しかし彼女は自分の頬に手を当てて、こう続ける。

「でもヒナちゃん。お店の方はキレイになったって言ってたけど……料理の開発は順調なのかな？　飲食店なんだし、結局それが一番大事だと思うけど……」

「だいじょぶ！　それもばっちし！」

ふふふ、秘密兵器があるのです！

日本人だったら誰でも大好きで、作るのもそこまで難易度が高くない料理。

きっとこの世界の人々も気に入ってくれるはずだ。

「そうなんだ！　ヒナちゃんは料理も上手だからね。早く食べたいな～！」

「たのしみにしてて！」

# ◆日本人の国民食◆

そしてとうとういただきます亭開店当日となった。

でも……店内は私の予想とはちょっと違っていた。

それは……。


「どうして、こんなにひとがいっぱいくるの⁉」


厨房──。

私はお鍋の前でそう叫んでいた。

『うむぅ……これほどとは予想以上だったな。外に行列も出来始めている』

お店の手伝いをしてくれているハクも、どこかお疲れ気味だった。

いただきます亭開店初日は──大繁盛！

ひっきりなしにお客さんが来店した。

だが、いただきます亭の現在の人手は私、ハク……そしてクラースの三人だ。

本来ならもっとあたふたするところなんだけれど……今日のために作ってきた魔導具のおか

げで、なんとかお店は回っている。

雷の魔石（低級）　＋　火の魔石（低級）　＋　小型釜　＝　激速！炊飯器

・激速！炊飯器
中にお米を入れてスイッチをＯＮにすると、なんとビックリ。あっという間にふっくらご飯の完成だ。熱々ご飯で火傷しないように注意。


ピーピー！

炊飯器からまた音が鳴った。蓋を開くと……温かい湯気が顔に当たる。

ふっくらご飯の完成だ。

「あぶなかった……これがなかったら、もっとぎょうれつができていた……かも」

お米と水を入れて、スイッチを押すだけであっという間に美味しいご飯が出来る代物である！

このおかげで出来たてホカホカのご飯をお客さんに提供することが出来ていた。

『クラースも頑張っているようだ』

ハクが視線をやる。

ちなみに……厨房からホールの様子は眺められるようになっている。

そこからホールでウェイターをやってくれている、クラースの姿を見ていた。

「いらっしゃいませ。ご注文はいかがしましょうか？」

白シャツに黒ベスト、さらには彼の首元にはネクタイが巻かれている。

これが当店の制服。

それが物腰柔らかいクラースの雰囲気とマッチしている。元々彼はイケメンなんだし、こういう服装が似合う気がしたのだ。

クラースが笑顔を携え、席に着いた上品そうなふたり組の婦人にそう声をかける。

「は、はい！　オススメの料理はありますこと？」

クラースの美形っぷりにビックリしたのか——緊張で彼女たちの声が震えている。

「そうですね。全てがオススメなので、なにかひとつに決めることは難しいですが——こちらの料理とかはいかがでしょうか？」

クラースがメニュー表を見て、彼女らに提案する。

まあ選べるほどメニューは多くないけどね。さすがにこれだけの人員で、豊富な品数を揃えるのは無謀だと思ったからだ。

「で、では！　そちらでお願いしますわ」

「わ、わたくしも！」

彼女らはそう声を発する。

「かしこまりました。料理が出来るまで、少々お待ちくださいませ」

クラースが彼女たちにそう言って深々と頭を下げる。

そして彼が背中を向けた瞬間……。

「「……はぁあんっ」」

彼女たちから悩ましげな息が漏れた。

うんうん、分かるよ。

だってクラースみたいなイケメンウェイターが相手をしてくれているんだよ？

私だったら彼に見惚れて、まともに注文出来なくなる自信がある。

「ヒナ。また注文が入りました。あれを二人前、お願いします」

「まかせて！」

厨房に戻ってきたクラースに、私は胸を叩いて答える。

よーし！　もっとイケメンウェイター――クラースの働きっぷりを眺めておきたいけれど、今は料理を作ることに集中！

より一層気合を入れて、私は手を動かし続けるのだった。


そしてお昼時が過ぎた頃……。

「ふう……」

私は椅子に座って、ひと息吐いていた。

「ようやくお客さんの数も落ち着いてきましたね。しばらく休んでも大丈夫ですよ」

クラースが声をかけてくれる。

この体……疲れやすいんだよね。前世と同じ感覚で動いていたら、すぐに限界がきてしまう。

「ありがと……クラースはあんまり、つかれてなさそうだね。すごい」

「そんなことないですよ。こんなに慌ただしく動いたのは久しぶりですから、さすがに僕も疲れました」

そうは言っているが、クラースの表情は普段と変わらない。

どれだけ働いても、いつも涼しい顔をしている人っているよね。

でも疲れが顔に出ないだけだ。彼も疲労を訴えているし、私もそろそろ再開しますか。

「じゃあ！　こんどはクラースがやすんで！　ここからはわたしの、どくだんじょう」

私が言うと、クラースは少し驚き顔。

「ありがとうございます。でも大丈夫ですよ。これくらい、へっちゃらですから」

「めっ！　ちゃんとやすまないと……」

そんな会話をしていると——。

「ヒナちゃーん！　来たよ！」

店内の入り口から女性の元気な声が聞こえた。

これは……。

「シーラしゃんの、こえ！」

私は厨房を飛び出す。

予想通り——シーラさんとアーヴィンが、いただきます亭に来てくれたのだ。

「あーびんも、きてくれたんだ！　きしだんのおしごと、おわったの？」

「ああ。今日はここの開店日だったからな。ライナルト様に言って、早めに仕事を上がらせてもらった」

「ありがと！」

私はシーラさんたちのために椅子を引く。

「じゃあ、こちらにおすわりくださーい！　りょうりはなんに、しましゅか？」

「ヒナちゃん、オススメの料理だったらなんでも！」

シーラさんの言葉に、アーヴィンも首を縦に振る。

オススメの料理——だったらあれしかないよね！

シーラさんたちの姿を見たら、疲れも吹っ飛んだ。

よーし！　頑張らないと！

「しょうしょう、おまちくだしゃい」

私は厨房に戻って、早速料理を作り始めた。

とはいえ――その料理の完成まではさほど時間はかからない。


「おまたせ、しましたー！」

「早いな」

アーヴィンが驚いたように目を見開く。

『うむ、しかと食べるがいい。美味しさにひっくり返るぞ』

料理が載ったお皿を運ぶのを手伝ってくれたハクが、アーヴィンたちに告げる。

ハクは頭にお皿を乗っけて運んでいる。まるで大道芸人だ。

「ヒナちゃん。これは……カレーだよね？　でも白ご飯が一緒にお皿に載ってるみたいだけど……」

シーラさんもマジマジとお皿を眺める。

そして私は満を持して、その料理の名を告げた。

「それは……かれーらいすだよ！　ごはんといっしょに、どーぞ！」

いただきます亭の看板メニュー、カレーライス！

白ご飯にあらかじめ作っていたカレーをかけるだけで完成する――日本人がこよなく愛する国民食だ。

これだったら、お客さんに提供するのにもあまり時間がかからないしね。

「じゃあ早速……」

シーラさんとアーヴィンが白ご飯にカレーを絡め、スプーンで口に運ぶ。

すると……。


「旨い！」

「美味しい！」

とふたりは口元を手で押さえ、目を丸くしたのだった。

「このカレーはあまり辛くないんだな。逆に不思議と甘みがあって、いくらでも食べられそうだ。じゃがいもや人参もよく煮込まれていて柔らかい」

「カレーがこんなに白ご飯と相性がいいとは思ってなかったよ！　あったかいご飯によく合うね！」

称賛の言葉を言いながら、アーヴィンとシーラさんは夢中になってカレーライスを口の中に掻き込んでいった。

口元にカレーのルーが付いちゃったりしているけれど、ふたりともお構いなしだ。

そう——これはカレーライスでもただのカレーライスではない。

甘口カレーライスなのだ！

——この世界でもカレーという料理はあった。

でも私からしたら、どれもスパイスが効きすぎていて辛すぎる気がしていた。

日本のカレーは本場の人からしたら、甘すぎるってのも聞くしね。その関係で辛く感じていたのかもしれない。

そしてこの世界の人々はカレーをスープのように食べたり、パンに付けて口に運んでいた。

その時から私は思っていた。

熱々の白ご飯と一緒に食べても美味しいのに——と。

「「ごちそうさま」」

アーヴィンとシーラさんが同時にカレーライスを完食する。お米が一粒も残っていなかった。

ふたりとも幸せそうな顔をして、椅子の背もたれに体重を預けていた。

「どうでしたか？　ヒナ特製のカレーライスは」

こちらの楽しそうな雰囲気に釣られたのだろうか。

クラースも厨房から顔を出して、アーヴィンたちに問いかける。

「ああ……最高だった。カレーにこんな食べ方があったとはな」

「ビックリしたよね。ヒナちゃん、また作り方を教えてよ。家でも作ってみたい！」

「もちろん！」

私はふたりにピースサインをして、そう答えた。


そのまま――いただきます亭は大繁盛のまま、開店初日を終えた。

「おきゃくさん、いっぱいきてくれてよかったね」

閉店作業も済んで、私とクラース、ハクは店内で今日のことを話していた。

「はい。こんなに来てくれるとは予想外でした。嬉しい悲鳴ですね」

『ヒナ目当てのお客さんも多かったな。だが、カレーライスなる料理は絶品だ。これがあれば、ヒナがいなくなってもこの店は繁盛するに違いない』

「だねー！」

うーんと背伸びをする。

私には魔導具ショップもあるし、頻繁にお手伝いに来ることは出来ないだろう。

だけどカレーライスもあるんだし、なによりお客さんのクラース人気が高い！　特に女性からなんだけどね。

きっとこれからも、このお店は上手く回っていくだろう。

でも……。

「クラース。わたしたちがいなくなっても、だいじょぶ？」

クラースの目を見て、首をかしげる。

炊飯器や圧力鍋はいただきます亭に寄付するつもりだ。素材さえあれば、いくらでも作れるんだしね。

掃除もお掃除ネズミがいれば、あまりクラースの負担は大きくならないはず。

だけど問題は従業員。

三人でも苦労したのに、クラースひとりでお店は回るだろうか？

そう心配していたら……。

「それなら大丈夫だと思います」

とクラースは指を鳴らす。

「わあ！」

すると私たちの前に、白色の人形が出現した。

人形といっても、けっこうでかい。身長はクラースくらいあるだろうか？　スタイルもどことなく、彼を模倣している気がする。

「これは？」

「ゴーレムです」

ゴーレム！

ゴーレムといったら、土の人形……みたいなイメージはあったけれど、クラースが作ったものはちょっと違う。

なんというか……スタイリッシュなのだ！

スタイリッシュゴーレムと名付けよう。

「ヒナのおかげもあって、今日一日で仕事は大体覚えました。なのでこれからはこのゴーレムに働いてもらおう……と」

クラースが言うと、スタイリッシュゴーレムは腕を曲げて力こぶを作った。

頼もしそうだ。ただスタイリッシュなだけじゃないらしい。スタイリッシュゴーレム、侮り難し。

「すごい、すごい！　クラースはなんでもできるね！」

「いえいえ、そんなことありませんよ。ヒナが作る魔導具に比べたら、僕もまだまだです」

とクラースは肩をすくめた。

『ということは……従業員の問題も解決だな』

ハクが感心したように口にする。

「ですね。いずれはゴーレムではなく、人を雇いたいとも思っていますが……すぐには見つからないでしょうから」

　クラースとハクが喋っている間、私はスタイリッシュゴーレムと遊んでいた。

　腕にしがみついて、上下に動かしてもらっている。

　スタイリッシュゴーレム、ちっから持ち～。こんな単純な遊びだけれど、童心に返ったみたいで楽しかった。

　……まあ心はアラサーＯＬでも見た目は幼女なんだから、童心に返るというのはちょっと違うかもしれないけれど。

「きゃっ、きゃっ！」

　そう声を上げ、楽しんでいると。

「……ありがとう」

　そんな私の姿を眺めて、クラースがなにかを呟いた気がした。

「クラース？　なにかいった？」

「い、いえいえ、なんでもありませんよ」

　ニコニコ笑顔のクラース。

　クラースがこういう顔をしている時は、なにかを隠している時だ！　彼の性格が私もだんだん分かってきたぞ。

　まあ別に無理に問い質す必要もないか。

そう思いながら、引き続きスタイリッシュゴーレムとじゃれ合うのだった。

《クラース》

人間社会に溶け込む。

そんな目標を立てた僕は、この街で飲食店を営むことになった。

開店初日はお客さんもいっぱい来てくれて、上々の結果だったけれど……さすがに疲れた。

ヒナと出会うまでは、人間なんて信頼していなかった。

信じては裏切られ……を繰り返してきた僕は、人間に対する恐怖心をなかなか拭《ぬぐ》いきれないでいた。

だからかもしれない。

ウェイターとして店内を動き回っていると、体は想像以上の疲労を訴えかけてきた。

だけど辛い顔は見せられない。ヒナを心配させるからだ。

だから体に鞭を打ち、必死に働いていたが……。

『じゃあ！　こんどはクラースがやすんで！　ここからはわたしの、どくだんじょう』

彼女はそんな僕の体を気遣ってくれた。

もしかして……疲れていることがバレたのかな？

僕はヒナの洞察力、そして気遣いに感謝した。

『ありがとうございます。でも大丈夫ですよ。これくらい、へっちゃらですから』

『めっ！　ちゃんとやすまないと……』

そんな押し問答は、アーヴィンたちが来店してきたことによって有耶無耶になったが……彼女があやって言ってくれるだけでも、素直に嬉しかった。

そして――まだ初日だけれど、分かったことがある。

それは人間はそれほど怖くないということだった。


『あんちゃん！　頑張ってるな』

『これからも応援しています。毎日来ますわね！』


お客さんは僕に優しい言葉を投げかけてくれた。

特に女性の方々は、僕の顔を見て頬を赤らめていたが……どうしてだろう？　まあ心を読むほどでもないし、そんな無粋なことをするつもりもないが……。

なんにせよ、僕に悪意を向けている様子ではない。

当たり前だけれど、みんなは僕が大精霊だということを知らない。だから優しくしてくれているのかもしれなかった。

判断するのは尚早だ。

――色々な発見や驚きがありながら、開店初日は無事に終わった。

『きゃっ、きゃっ！』

ヒナは僕が作ったゴーレムと遊んで楽しそうにしている。

――なんて無邪気な子なんだ。

彼女は規格外の魔導具師なのに……そうやって遊んでいる姿は、ただの年相応の子どもにしか見えなかった。

ヒナには色々なことを教えてもらった。

これからも彼女と一緒にいたい。

だから。

――ありがとう。

そんな言葉がいつの間にか口から漏れていた。

幸いヒナには聞こえていなかったらしい。

彼女に問い質されたが、なんとなく恥ずかしくなって答えは言わなかった。

《ギヨーム》

「私が宮廷から追放⁉　どうしてだ！」

私は騎士団の男ふたりに両腕を掴まれ、宮廷から追い出されようとしていた。

「どうして……？　あなたは自分がなにをしたのか、分かっていないのですか？」

目の前の男――エルチェは冷たい声を放った。

彼は宮廷魔導士のひとりだ。

こいつは魔法使い見習い時代も、とびっきり優秀だった。ゆえに最年少で宮廷魔導士となり、そしてそこで様々な成果を上げてきた。

そんなエルチェは今まで私が座っていた椅子にふんぞり返っている。

そしてもがく私の姿を、氷のような視線で見下ろしていた。

「……っ！　確かに、先日は少々荒事をしてしまった。しかしそれは珍しいことではないじゃないか。それがちょっと失敗しただけ……」

「ちょっと失敗しただけ？　やれやれ、先日の件をちょっとというだけで済ますとは。あなたのような無能が今までトップに座っていたかと思うと、吐き気がしますよ」

顔を歪めるエルチェ。

「あなたは宮廷魔導士の長としては、なかなかに優秀でした。あなたが来てから、この国の魔法使いは増えましたしね。これも諸外国から魔力を持った子どもを積極的にスカウトしたおかげでしょう」

「だったら何故!?　一度くらいの失敗でとやかく言うんじゃない！」

「それが致命的なんですよ」

そう言ってエルチェは立ち上がり、私の方へ向かってくる。

「一体なにを――ぐはっ！」

そして彼は笑顔のまま――私の顔面を思い切り殴った。

さらに私の前髪を掴み、顔を近付けてくる。

「あなたの失敗が致命的だった理由はふたつ。

ひとつはゼクステリア王国にこのことがバレたこと。あの国の第三王子から帝国に抗議がきている。王国は大きい国だ。こんなくだらないことで、ヤツらとこれ以上ことを構えたくない。

そしてもうひとつ――優秀な魔導具師を追放したことです」

「魔導具師――ヒナ……のことか？」

さっき殴られた時に口の中が切れたのだろうか。やけに喋りにくい。

エルチェに問いかけると、彼は間髪入れずに頷いた。

「そうです。元々あれを追放したのは、あなたの独断だそうですね。聞きましたよ？　ヒナという魔導具師は不思議な魔導具を作る……と」

「………」

エルチェの言葉に反論出来なかった。

先日の戦いを思い起こしてみると、終始なにが起こったか分からなかった。

甘い香りに誘われて歩いていたら、脱出困難のネチャネチャ液体の出現。さらにヒナを追いかけていたら、気付けば彼女がふたりに分身している。

無論、誰かが魔法を使っていた可能性はある。非常に気付きにくいように隠蔽されていたが、不思議な魔力も感じていた。

しかし——もしこれらはヒナの魔導具のせいだったら？

あまりにもバカバカしい考えだと思っていた。

だが、彼女を追放してから歯車が噛み合わなくなったのは事実だ。

だからどうしても思ってしまう。

前回はヒナにしてやられたのでは——と。

「ゼクステリア王国の王都で今、不思議な魔導具ショップがあるという情報は掴んでいます。まだ調査の途中ですが、十中八九、ヒナが絡んでいるでしょう」

「そ、それは私も考えて……」

「そんな優秀な魔導具師は放っておけない」

彼は私の言葉を遮って、話を続ける。

「そして彼女を取り戻すために、無能な上司は必要ない――という上の判断です。大丈夫です。殺しはしませんよ。ただちょっとした罰が与えられるだけです」

そしてエルチェは「連れていきなさい」と騎士ふたりに告げ、背中を向けた。

ちょっとした――というが、ペルセ帝国の冷酷さは身に染みて知っている。

殺さないというだけで、死ぬよりも辛いことが私を待ち受けているだろう。

「ま、待ってくれ！　このミスは必ず返――」

「安心してください。あなたが今まで育ててきた子どもは、ちゃんと私が管理をします。そういえば闇魔法が使える面白い男の子を最近、スカウトしたみたいですね。ヒナのように逃したりはしませんよ。愚かなあなたのように……ね」

なんとかこの場から逃れようとするが、非力な私では到底叶わない。

「頼む！　もう一度チャンスを――」

かつての部下であったエルチェは、私がいくら声を張り上げてもそれ以上振り返ることはなかった。

# 三話

## ◆素敵なお友達◆

とある日。

「かいもの、かーいものー。かいものはー、たのしいぞ〜♪」

私は『買い物の歌』（作詞作曲ボーカル・私）を歌いながら、市場で買い物を楽しんでいた。

【ヒナ。今日はご機嫌だな】

隣には私専属の護衛――もといハクがいる。

今は街中ということで翻訳機経由ではなく、頭の中に直接語りかけてくれている。

「うん！　だって、こんなにてんきがいいひに、かいものできるんだよ？　きげんも、よくなる！」

【そうか。ヒナが笑顔でいてくれるなら、我が輩は満足だ】

ハクは微笑ましそうに私を見ていた。

――今日はシーラさんに晩ご飯のおかずを買いにいってくるよう、指令を受けたのだ。

そのために彼女からお金も預かった。しかも余った分は、私がお駄賃として自由に使っていいことになっているのだ！

晩ご飯のおかずにしては十分すぎるほどの金額を預かったし、今日は一日ショッピングを満喫出来そうだ。

「ハクは、たのしくない？」

【なにを言っている。楽しいぞ。ヒナが楽しければ、我が輩も楽しいのだ】

なにを当然なことを……と言わんばかりのハク。

うーん、ちょっとずれている気がするけれど、楽しければそれでよし！

「えーっと、なにかいいものないかなー……」

きょろきょろと辺りを見回しながら、市場を歩いている――その時だった。

「ん？」

とあるものが目に入る。

それは栗色をしたちっちゃなネズミであった。

一匹のネズミが人混みに紛れている。今にも踏まれてしまいそうだ。

「あぶない！」

反射的に声を上げてしまう。

「ハク！　あのねずみ……はやく、ほごしましょ！　このままじゃ、ふまれちゃうかも……」

【ネズミ……？　おお、あんなところに一匹だけいるな。よくあんな小さなものを見つけたものだ】

大人の人と違って私は体も小さい。その分視界が低くなっているのだ。だから発見出来たんだろう。

「ねずみしゃーん……ほごさせて、くださーい」

そう呼びかけながら、ネズミを捕まえようとするけれど……あっ、逃げた！

私の声にビックリしたのか、ネズミは背を向けて走り出したのだ。

「こわかったのかな？」

ネズミは器用に人混みを掻き分けながら、私たちから離れていく。

でも……危なっかしい！　いつ踏まれてしまうのかハラハラした。

「あぶない！　ハク、おいかけるよ」

【うむ】

ハクの背中に乗せてもらって、私たちはネズミを追いかける。

「みなさーん、たちどまってくだしゃーい！　ねずみしゃん、ふみつけるかもですから！」

みんなにそう注意喚起することも忘れない。

私の声に反応し、みんなは「なんだなんだ？」と立ち止まってくれる。優しいね。

やがてネズミは路地裏へと入っていった。私を乗せたハクもすかさず、その後を追いかける。

そして袋小路に突き当たり、ネズミは足を止めた。

「あんしんして。わたしたちは、てきじゃないでしゅよ」

ハクから降りて、優しい口調でネズミに話しかけた。

あれ？　近くでよく見ると、ネズミじゃなくてハムスターっぽい？

ネズミとハムスターの見分け方は知らないけれど、ネズミよりも毛並みがもふもふしている気がした。

可愛らしいね。

ネズミ――もといハムスターは、私たちを見てブルブル震えている。

そりゃそうだよね。

ハムスターからしたら、子どもの私ですら大きく見えるんだもん。こんな大きな人間が近付いてきたら……恐怖で震えるのも仕方がない。

せめて言葉が通じたらいいんだけれど――あっ、そうだ！

「ハク。もうちょっと、ちかづこ。ほんやくきで、しゃべろ」

『うむ』

翻訳機付きの首輪を身につけているハクと一緒に、私はハムスターに近付く。

「はむちゃん。わたしたちは、みかたでしゅよ。あんなところにいたら、あぶない」

『――君はボクの言葉が分かるの？』

「わかるよ！」

『すごいんだね……そんな人間は初めてだ』

ハムちゃんが少し警戒を緩めた。

「なにしてたんですか?」

ネズミだったらそこまでそうは思わないが……ハムスターといったら、誰かに飼われているイメージがあるからね。

だからあんな人混みの中、ハムスターが一匹だけいることに違和感があった。

『ご主人様と逸《はぐ》れちゃったんだ……』

「やっぱり、だれかにかわれてたんですね」

『うん……ご主人様がどこにいるか分からない。もうボク、ご主人様と会えないのかな?』

ハムちゃんが不安そうに言う。

多分、ハムちゃんの飼い主は相当この子に愛情を注いでいたんだろう。ハムちゃんの言葉を聞いていると、それを感じ取れる。

あんな人が多いところで、飼い主と離れ離れになっちゃったんだもんね。不安になる気持ちはよく分かるよ。

しかし――。

「あんしんして!」

私は自分の胸を叩く。

「わたしが、せきにんをもってあなたをほごする! そしてかいぬしも、さがしてあげるから!」

『ほんと……？』

「ほんと。おんなに、にごんはない」

だって飼い主とはぐれて、こんなに不安そうにしているハムちゃんなんだよ？

こんなところでお別れだなんて薄情な真似……出来るはずがない。

私が絶対に飼い主さんを見つけてあげるんだからね！

そう固く決意していたが——意外にもそれはすぐに見つかった。


「ハーちゃん……？」


声がした。

そちらを振り向くと——そこには私と同じくらいの歳をした女の子。さらに隣には大人の男性が立っていた。

『ご主人様！』

そう言って、ハムちゃんは女の子の方へ駆け出す。

女の子がその場で屈み右手を差し出すと、ハムちゃんはその上に乗った。

「もう……どこに行ってたの！　もう離れちゃダメなんだからねっ！」

女の子は目尻に涙を浮かべ、ハムちゃんに頬を近付ける。

「もしかして……あなたが、そのはむちゃんのかいぬし？」

私はそう問いかける。

「う、うん」

すると彼女は少し緊張気味に頷いた。

か、可愛い～！

なんだか小動物みたい！　彼女を見ていたら抱きしめたくなる！　そんなことしたら変態みたいだから、しないけどね。自重、自重……。

「この子を見つけてくれたのは、あなた？」

『そうだよ～。優しくしてもらったんだ』

「……っ！」

女の子の代わりにハムちゃんが答えると、彼女は目を丸くした。

この距離だったら、まだ翻訳機の有効範囲内なのである。

「ハーちゃんが……喋った……？」

「うん！　このほんやくきがあれば、はむちゃんのいってること、わかるよ。はむちゃん、とってもさびしがってた」

私がハクの首元に指を向けると、彼女は理解が追いついていないのか、口をパクパクさせた。

「わたし、ひなっていうの。あなたの、おなまえは？」

「あ、ああ。ハーが喋ったことに驚いて、自己紹介が遅れたが……俺はライネ。この子の父親だよ」

「そっちの、おとこのひとは……？」

アイリちゃんか。良い名前だね。

「アイリ……です」

とライネさんはアイリちゃんの頭にポンと手を置いた。

「君も……もしかして迷子かな？　お父さんかお母さんはいないのかな？」

「まいごじゃないよ。ハクといっしょに、かいものしてました！」

「ひ、ひとりで!?　犬も一緒とはいえ……すごいね。小さいのにしっかりしてる」

『我が輩は犬ではないぞ』

ライネさんは感心していたが、ハクは不服そうだった。

もう翻訳機のことも打ち明けたし、普通に喋るようにしたみたい。

「ハー……それがそのはむすたーのなまえだよね？」

「うん」

短く答えるアイリちゃん。

「ハーちゃん、まいごだったんだよね？　どうして……」

「それについてだが……」

アイリちゃんの代わりに、ライネさんが答えてくれた。

ハムスターのハーちゃんはペットでもあり、アイリちゃんの親友だ。いつもお出掛けする時は、胸ポケットにハーちゃんを入れているらしい。

そして——現在、ライネさんは娘のアイリちゃんと買い物中だったみたい。

しかし途中、アイリちゃんが男の人の足に当たって、バランスを崩してしまった。その際、ハーちゃんが胸ポケットから零れてしまう。

すぐにハーちゃんを捕まえようとするアイリちゃんだったが、なんせあの人混み。

大人の人ならともかく、ちっちゃなアイリちゃんが人の流れに逆らえるはずもなく……ライネさんが彼女の手を取った時には、既にハーちゃんが目の前からいなくなってしまっていた。

そしてハーちゃんを捜して市場を歩き回っていると、私の声が聞こえた。内容は聞こえにくいが、どうやらハムスターと言っている。

というわけで声を辿っていると、私たちの姿を見つけた。

——ということだった。

「そうだったんだね」

「もう見つからないかもしれない……と最悪の事態も考えていたが、こんなに早く見つかるとは。これも君のおかげだよ。本当にありがとう」

ライネさんが頭を下げる。

「どういたしましてー。でもハーちゃんがみつかって、よかったね」

可愛いハムスターとの別れは名残惜しいけれど、元の飼い主の手に戻って本当によかった。

「う、うん」

またもや短い返事のアイリちゃん。

うーん、アイリちゃんはもしかして人見知りなのかな？

これくらいの年頃の女の子って、超人懐こいか超人見知りかのどちらかのイメージがあるが……彼女は後者みたい。

だったらあまり怖がらせても申し訳ないし、さっさといなくなった方がよさそうだね。

私は手を振って、彼女の前から去ろうとすると……。

「待ってくれ」

ライネさんが呼び止めてくる。

「よかったら、うちに来てくれないか？　ハーを見つけてくれたお礼がしたい」

「アイリちゃんとライネさんの、おうちですか？」

「ああ。もし君もまだ用事があるなら別だが……どうだろ？　来てくれればお菓子くらいは出そう」

お菓子！

その魅惑の単語についつい惹かれてしまう。

「ハク」

『ん……この男からは悪意を感じられぬ。ヒナがいいなら、特に問題ないと思うぞ』

ハクも背中を押してくれる。

「じゃあ……いこっかな。ハクも――このいぬもいっしょでいいよね？」

「もちろんだ」

『だから我が輩は犬じゃ……』

ハクはなにか言いたそうだったけれど、話は後で聞こう。今はそんなことよりお菓子である。

それに――可愛いアイリちゃんと、ここでお別れだなんてもったいないしね。

ペルセ帝国の宮廷では、同じ年頃の子どももいたけれど……毎日厳しい訓練だったせいで、友達という感じにまでは至らなかった。

だからせっかくの機会だし、アイリちゃんともっと喋りたい。

「アイリもいいよな？」

「う、うん……っ。私も、ハーちゃんを見つけてくれた、お礼が……したいっ」

とアイリちゃんも賛成する。

この年頃の子どもにしては、けっこうしっかり喋れている気がする。

だけどここに私がいるためか、その声は緊張で終始震えている。

——私、嫌われてなきゃいいんだけどな……。

アイリちゃんが露骨に嫌がっている素振りを見せたら、ライネさんの家からさっさと出ていかねば。

人間関係、距離感が大事！

「じゃあ行こうか」

「おねがいしましゅ！」

当初の目的だった晩ご飯のおかずは……まあまだ日暮れまではたっぷり時間もあるし、問題ないだろう。

自分をそう納得させて、ライネさんたちに付いていくのであった。

「おじゃましまーす！」

アイリちゃんの家に到着。

「わあ、すてきなおうちですね。アイリちゃん、いいな～」

「う、うん」

アイリちゃんは相変わらずおどおどした様子。

うーん……ここに来る道中もしつこく話しかけちゃったから、嫌われたかな？　そうじゃないといいいんだけれど……。

「アイリちゃんの、おかあしゃまはどこですか？」

きょろきょろと見回すが、それらしい人物はいない。

こんなに可愛いアイリちゃんのお母さんなのだ。それはそれは美人なのだろう。是非お目にかかりたい。

そう思っていたが……。

「妻はいないんだ。アイリが小さい頃に病気で亡くなってしまってな」

「ご、ごめんなしゃい！」

すぐに頭を下げる。

しかしライネさんはニカッと笑みを浮かべて、

「なあに、気にするな。幸いにも、病弱な妻とは違ってアイリは病気をしない子に育ってくれたしな。もう感情の整理も付いてるよ」

と頭を撫でてくれた。

いけない、いけない……。

前世の時と比べたら、この世界の人は寿命が短め。バートさんの時もそうだったけれど――

あまり不用意にこういうことを聞くのはやめよう。

「さて、立ち話もなんだ。そこに座っててくれ。お菓子を取ってくる」

「やったー！」

両手を上げて喜ぶ。

ハクは私の隣でお座りの体勢。私以外がこの場にいるせいなのか、今日は無口だ。

「あっ、きっちんもあるんでしゅね……ちょっと、はいけんさせていただいても、いいですか？」

「拝見……って難しい言葉を知ってるんだなあ。ああ――別に問題ないぞ」

「わあい！」

アイリちゃんとふたりっきりだったら、彼女も気まずいかもしれないしね。

「ハクはここで、ちょっとまっててね」

『うむ』

ハクを居間に残して、私たちはキッチンに移動する。

「ひろいきっちんですね！」

「妻は料理が好きだったからな。だから家を建てる時に、広いキッチンにしてもらったんだ」

キッチンの棚を漁りながら、そう答えるライネさん。

「……あっ、じゃがいもが、いっぱいある」

そこで私の目に入ったのは籠に入ったじゃがいもだ。

所々土が付いたままだけれど、採りたてなのかな？　美味しそう！

「近所の人に貰ってな。なんでも、今年はじゃがいもが豊作らしい。余ったものを分けてもらったんだ」

「そうなんですね」

ん――……他人の家に来てなんだが、これだけ新鮮なじゃがいもを見てしまったら、うずうずしちゃう。

厚底のフライパン――油――包丁――塩胡椒――。

キッチンに置かれていたそれを私は目敏《めざと》く発見した。

うん！

「ライネしゃん。ちょっと、このじゃがいもでりょうりしても、いいでしゅか？」

「料理だって？」

目を丸くするライネさん。

「ヒナちゃん。まだちっちゃいのに、料理なんて出来るのかい？」

「はい！　りょうり、しゅみなんです！　おうちでもよく、つくっていましゅ」

「すごいね。よし……そう言うなら分かった。だが、俺も一緒に料理をするぞ。ヒナちゃんが怪我なんかしたら、君の両親に顔向け出来ないからな」

「おねがい、しましゅー！」

そんなに時間はかからないし……多分問題ないだろう。ハク、ごめん。アイリちゃんと仲良くしてあげてて。

「はじめます！」

そして私はじゃがいもを手に取り、早速包丁で皮むきを始めた。

むきむき……。

こうやってじゃがいもの皮をむいている時間は、無心になれるから好きだ。

「よくそんなに器用に包丁を使えるな。俺なんかよりも何十倍も上手いよ」

ライネさんが私を褒める。

……よし、皮むきはこれくらいでいいかな。

お次にじゃがいもを短冊状に切っていく。

トントントン。

包丁がまな板に当たる音が心地いい。リズムよく切っていった。

「あっ、あぶらもあっためとかないと」

フライパンに油をたっぷり敷いて、魔石コンロで温める。

じゃがいもを切り終わったところで、油が入ったフライパンにお箸を差してみた。

……うん。お箸を中心にぶくぶくと泡立っている。これくらいだったら大丈夫かな。

「そして……じゃがいもを、とうにゅう！」

「ちょっと待ってくれ」

じゃがいもを高温の油の中に入れようとすると、すかさずライネさんが私を止める。

「ヒナちゃんがするのは危ないから、それは俺がやるよ。油が跳ねたら大変だしね」

「たすかります！」

大きくてごつごつした手で、ライネさんは油の中に切ったじゃがいもを投入する。パチパチパチと油の音がキッチンに響いた。

その時、彼の手に刻まれていた傷に目がいった。

「ライネさん。そのおててに、きずがある。いたいですか？」

「傷か……？　ああ、俺は冒険者をしているんだ。だからこういう生傷は珍しくないよ」

「ぼうけんしゃ！」

と私は声を上げる。

この世界に冒険者という存在がいることは知っていた。

彼らは建物の修繕といった簡単なお仕事から、魔物の退治といったことまで請け負っている。

騎士団や警備隊と違うところは、なにかの組織に所属しているわけではないこと。前世でいうところの個人事業主みたいなものだね。

まあ冒険者同士でパーティーを組んで、依頼をこなすことも多いらしいけれど。

「かっこいい。またおはなし、いっぱいきかせてください」

「はは、ありがとう。明日はこの街の近くにあるダンジョンに行くんだ。戻ってきたら、土産話を喋ってあげるよ」

ライネさんとそんな会話をしていると――じゃがいもも良い感じに揚げ終わった。

そして彼に手伝ってもらいながらシートの上に揚げたじゃがいもを置いていく。

あとはしっかり油を切って……塩胡椒を軽めにパラパラと振りかけて――と。

「かんせーい！」

――フライドポテトの完成である。

前世から大好物の料理だった。

某ハンバーガーチェーン店でフライドポテト増量セールをやっていたら、欠かさず買いにいったな～。

お皿に盛り付けてから、私たちは居間に戻った。

「おまた……あっ、ハク」

残していたハクが心配だったけれど、どうやらアイリちゃんとハーちゃんとで遊んでいたらしい。

ハーちゃんが床を走り回って、ハクがそれを追いかける。鬼ごっこをしているみたい。

居間中を走り回るハクとハーちゃんを見て、アイリちゃんは楽しそうに手を叩いていた。

――やっぱりこの子は笑顔が可愛い！

ハムスターも飼っているし、元々動物が好きなのかもしれない。

ハクと遊ぶアイリちゃんの姿は、無邪気で可愛らしかった。

「アイリちゃん、ハーちゃん。ハクは、どうでしゅか？」

アイリちゃんにそう問いかける。

「さ、最初は大きくて怖い犬だと思ったけど……慣れたら、怖いどころかもふもふで可愛い！」

おっ……アイリちゃんが私の目を見て喋ってくれた。

ハクのおかげで、アイリちゃんの中にあった心のバリアが取り除かれようとしているのかもしれない。

『ハク、すっごく足が速いんだ！　そのおかげで、ついつい夢中になっちゃったよ』

ハーちゃんもご満悦のようだ。

「ありがと、ハク」

『どういたしましてだ。しかし……その少女に伝えてやってくれ。我が輩は犬ではないと』

そこんとこ、やたら気にするね。

でもフェンリルなんて言ったらまたアイリちゃんを怖がらせてしまうかもしれないし、それは黙っておこう。

悪いけれど、しばらく犬ということにしておいてくれ。ハクよ。

「おかしも、できたよ。アイリちゃん、いっしょにたべよー！」

「う、うん」

アイリちゃんの手を取って、テーブルに戻る。

そこには先ほど作ったフライドポテトの他に、ビスケットやチョコレートが置かれていた。

楽しい楽しいお菓子パーティーだ！

「アイリ。そのフライドポテト、ヒナちゃんが作ってくれたんだよ」

「ヒ、ヒナちゃんが……？　私と同じくらいの歳なのに、もう料理なんて出来るの？」

アイリちゃんが目を見開く。

私はその視線を受けて、えっへんと胸を張った。料理は得意なんです。

「どうぞ、めしあがれ！」

早速アイリちゃんがフライドポテトを一本手に取り、ゆっくりと口の中に入れると……。


「美味しい！」


と口元を手で押さえて、そう大きな声を出した。

「ほほお！　これは旨いな。塩胡椒が良いアクセントになっていて、全然飽きないよ。癖になりそうだ」

ライネさんも驚いていているようで、次から次へとフライドポテトを食べていった。

「きにいってくれたようで、なにより」

ハクやハーちゃんにもフライドポテトをあげた。

「ハーちゃん、ふらいどぽてとおいしいでしゅか？」

『うん！　すっごく美味しいよ！』

ハーちゃんはちっちゃなお口で一生懸命フライドポテトを食べていた。

ハクはチョコレートも食べたがっていたが、犬にそういうのを食べさせるのはあまり良くないと聞いたことがある。

だから「めっ！」と止めたが、『我が輩は……だから犬ではないのだが……』と不服そうだった。だから今のあなたは犬なんだって！

「ヒナちゃんはすごいね。ひとりで買い物も出来るし……お料理も出来る。それなのにアイリは……」

楽しくお菓子タイムを過ごしていると、アイリちゃんがそう話しかけてきた。

彼女が私に自分から声をかけてくれるのは初めてだったので、一瞬驚いてしまう。

「そんなこと、ない」

「ううん……アイリはひとりじゃ、なんにも出来ないから。ヒナちゃんが羨ましい」

と表情を暗くするアイリちゃん。

別にこれくらいの年頃だったら、ひとりで出来ないことが多いのが自然だと思うけどね？

転生した私が特殊なのだ。

「そんなこと、ヒナちゃんに言うなアイリ。ヒナちゃんが反応に困っているじゃないか」

「ご、ごめんなさい！」

「だいじょぶ。いいの」

そんなアイリちゃんの様子を見て、私は確信する。


——この子は自分に自信がないんだ。


だから人の目を見て会話をすることも躊躇する。

私はアイリちゃんに嫌われているかも……って思っていたが、もしかしたら彼女の方こそ、私に嫌われないか不安がっているのかもしれない。

「……うん」

そして私は決意する。

「アイリちゃん」

アイリちゃんの両手を取って、彼女の瞳を真っ直ぐ見つめる。

そして顔を近付けて、こう口にしたのだった。

「わたしと、おともだちになって」

「え……？」

一瞬なにを言われたのか分からなかったのだろうか、アイリちゃんはそう聞き返してきた。

「わたし、アイリちゃんともっと、なかよくなりたい。アイリちゃん、いいこ。だってどうぶつずきに、わるいひとはいないんだから！」

そして――アイリちゃんを守ってあげたい。

彼女のおどおどした姿を見て、いつの間にか私の中に保護欲が生まれていた。

ただでさえ、同年代の友達がいなかったんだし……この機会を逃してたまるか！

それにアイリちゃんがハクとはしゃいでいる姿、フライドポテトを美味しそうに食べている様子――それらを見て、きっとこの子となら仲良く出来る……！　と思ったのだ。

アイリちゃんと仲良くなれたら、私の異世界生活はさらに楽しいものとなるだろう。

「ア、アイリなんかでいいの？」

アイリちゃんは戸惑っている様子。

「ちがうよ。アイリちゃんがいいの。わたしたち、きっとしんゆうになれるから」

「親友……」

私の言葉を反芻《はんすう》するアイリちゃん。

そして……。

「う、うん。アイリの方こそお願いします。ヒナちゃんのお友達にしてください！」

と力強く答えてくれた。

ふう……よかった、よかった。

断られたらどうしようかと思った……。

嫌われていない……というのは私の一方的な思い込みかもしれなかったが、どうやらそうじゃないようでなにより。

「……アイリ。よかったな」

いつの間にかライネさんがアイリちゃんの後ろに立ち、優しげな表情で彼女の頭を撫でた。

「ヒナちゃん。俺の方からも頼む。アイリと――どうか仲良くしてやって欲しい」

ライネさんは私に頭を下げる。

大人の男性が、子どもの私に頭を下げるなんて……とちょっと驚いたけれど、私はすかさずこう答えた。

「もちろんでしゅ！」

それに……別にライネさんにそんなことを言われなくても、私はこれからもっとアイリちゃんと仲良くしていくつもり。

まあでも、親っていうのは子どもの幸せを第一に考える人種なのかもしれないね。

ライネさんとアイリちゃんを眺めて、なんとなくそう思うのだった。


「ただいまー！」

それから私はアイリちゃんの家をあとにして、魔導具ショップに戻った。

「あーびんは？」

「まだ仕事中。最近、近くのダンジョンにいる魔物が活性化しているみたいで、色々と忙しいみたいなんだ」

「そうなんだ」

ライネさんが明日行くと言っていたダンジョンのことかな？　大丈夫かな。

まあ……詳しい場所までは聞いてなかったし、違うところかもしれない。私の考えすぎだろう。

「それにしても、ヒナちゃん、ハク……帰ってくるのがずいぶん遅かったね？　買い物に手間取ってたのかな？」

問いかけるシーラさんに対して、私は首を横に振る。

「シーラしゃん！　わたし、おともだちができました！」

「友達？」

今日あったことをシーラさんに伝える。

するとと彼女は微笑んで。

「よかったね、ヒナちゃん！　素敵な友達が出来たみたいで、私も嬉しいよ。また私にも紹介してね！」

「もちろん！」

と私はぐっと親指を立てた。

《アイリ》

わたし——アイリは昔からちょっと大人びた性格……だったらしい。

それはもしかしたらお母さんによく、本を読んでもらっていたからかもしれない。

だから自然と他の子よりも、言葉を覚えるのが早かった……という話をお父さんから聞いていた。


——そんなわたしはお父さんと買い物に出掛けた際、ハーちゃんとはぐれてしまう。

しかしヒナちゃんという少女が見つけてくれて、ことなきを得た。

そしてお父さんがヒナちゃんを誘い、わたしたちは家でお菓子パーティーをすることになったんだけれど……。

『わたしと、おともだちになって』


ヒナちゃんにそう言われた時、わたしは一瞬、なにを言われたのか分からなかった。

「ア、アイリなんかでいいの？」

だからそんな風に答えてしまった。

だってヒナちゃんはひとりでお買い物も出来るし、こんなに美味しい料理も作れる。

ハーちゃんの言葉が分かる不思議な道具も持っていた。

しかも――まるでお人形さんみたいに可愛い！

明るい性格で、わたしみたいな根暗な子にも笑顔で喋りかけてくれた。

お父さんともすぐに打ち解ける社交的な性格。

正直――わたしはそんなヒナちゃんのことが羨ましかった。

わたしは昔から、なかなか友達が出来なかった。

喋りかけて嫌われたらどうしよう？　変な子だと思われるんじゃないか。それにわざわざ、わたしと友達になりたがる子なんてどこにいるんだろう？

だからお母さんがまだ生きてた頃は、家の中で一緒に遊んでいた。

そっちの方が楽しいから。安心するから——。

でもあんなに優しかったお母さんはもういない。

お母さんの体が悪くなって、ベッドに寝たきりになってしまった時——その近くにはキレイな花が飾られていた。

真夜中でもほんのりと光を放つキレイな花だ。

なんでもかなり貴重な花らしく、わたしはその花のことが気に入っていた。

しかし……お母さんが死んだ時、まるでそれとタイミングを合わせるかのように花も枯れてしまった。

その時からわたしは、恐れていたのかもしれない。

キレイで幸せな日々も——いつかは終わりを告げてしまうことを。

だから余計になにかを手に入れることが怖かった。


だって、いつかは私の前からいなくなってしまうから——と。

そんなことばかり考えていると、さらに友達は出来なくなる。悪循環だ。
それなのに——こんななんの取り柄もない暗いだけのわたしに、ヒナちゃんみたいな素敵な友達が急に出来るなんて……有り得ない。

戸惑っていると、

『ちがうよ。アイリちゃんがいいの。わたしたち、きっとしんゆうになれるから』

ヒナちゃんはそう言ってくれた。

わたしもヒナちゃんと親友になりたい！

でも……途中で嫌われたらどうしよう？　二度と立ち直れない気がする。

それに……仮に友達になってくれたとしても、いつかはヒナちゃんもわたしの前からいなくなってしまう。

そのことが怖かった。

だけど——ここでヒナちゃんと友達になれなかったら、それこそ——一生後悔する！

だから私は一生分の勇気をここで使った。

「う、うん。アイリの方こそお願いします。ヒナちゃんのお友達にしてください！」

言えた！

この時、自分でもこんなに力強い声を出せるんだ……と驚いた。もしかしたら、わたしもやれば出来る子かもしれない。

「ハーちゃん。わたし、友達が出来たんだよ」

ヒナちゃんが帰った後。

わたしはハーちゃんにそう話しかけていた。

ハーちゃんはお母さんがいなくなってから、お父さんがペットショップで買ってきてくれたハムスターだ。

多分、ひとりぼっちのわたしを心配してくれたのだと思う。それからハーちゃんは、わたしの親友になった。

ハーちゃんの言葉が分かる不思議な魔導具は、ヒナちゃんが持って帰ってしまった。

だから今はハーちゃんの言っていることは分からないけれど……それでもいいんだ。ハーちゃんの目を見るだけで、言いたいことが分かるような気がするから。

――よかったね。

ハーちゃんが笑った……気がした。

「ふふ。またヒナちゃんに会うのがわたし、楽しみだよ。あーあ、早くヒナちゃんとハクと遊びたいな」

ヒナちゃんはまた後日、新しい翻訳機を持って、遊びにきてくれると約束してくれた。

その翻訳機があれば、わたしは今日みたいにまたハーちゃんと喋れるんだ。それにヒナちゃんが来てくれるだけで――。

「……っ！」

そう胸を躍らせていると――突如、頭痛が襲ってきた。

痛みに耐えかねて、わたしはその場で蹲《うずくま》る。

「アイリ⁉」

すぐにお父さんがわたしに駆け寄ってくる。


『――っ……あんた――っ』


まただ。

この痛みは初めてじゃない。今まで何度か経験したことがある。

その際、今みたいに変な声を聞くことがある。

お医者さんに診てもらっても、原因はさっぱりだった。

だから治すことも出来ず、こうやって突然訪れる頭痛はわたしの悩みの種だった。

「大丈夫……いつものことだから」

心配そうにわたしを気遣うお父さんに、そう口にする。

……やっと痛みも治まってきた。

そういえば最近、頭痛が起こる間隔が徐々に狭まっているような気がする。

「……今日のところは寝なさい。ヒナちゃんと友達になったんだし、このまま病気とかになって会えなくなるのは嫌だろ?」

「うん……」

わたしはお父さんに支えられながら、自室へと向かった。

# ◆空気清浄水晶機◆

翌朝。

「……なるほどです。ギルドはお手上げということですか」

起床して一階に下りると、アーヴィンが深刻そうな顔で連絡用の魔石を使い、誰かと喋っていた。

あの魔石は離れた相手とも会話が出来る優れものだ。前世でいうスマホみたいなものだね。

なんだろ……。

でもお仕事中かもしれないし、あまり喋りかけない方がいいっぽい。

しかし――次にアーヴィンの口から出た言葉に、私は思わず耳をそばだててしまった。

「あのダンジョンか……今日、出発した冒険者パーティーが罠にはまって……はい。それはなかなか厄介ですね」

ダンジョン？　今日、出発した冒険者パーティー？

なんでだろ。胸がざわざわする。嫌な予感がするのだ。

「ねえねえ、あーびん。どうしたの？」

だから私はどうしても我慢出来ず、アーヴィンの服の裾を引っ張って問いかけた。

彼はそこで初めて私がいたことに気付いたかのように、こちらに視線をやる。

「ヒナか……いや、ヒナには関係ない。仕事の話だ」

「ごめんなしゃい。でも……きになる。はなしだけでも、きかせて？」

と私は可愛らしく首をかしげた。

自分でもあざとい行為だったと思う。

しかしアーヴィンには効果抜群だったようで、彼の表情が緩む。そして少し躊躇《ためら》っていたが、溜め息を吐いてから話し始めた。

「――まあ話自体はよくあることなんだ。最近、とあるダンジョンに棲息している魔物が活性化していてな。冒険者たちに対応させていたが……なかなか上手くいかん。だから騎士団としても、あのダンジョンには注目していたが……」

ダンジョンは洞窟型？　ってところらしい。

そして今日、とある冒険者パーティーが出発し、それに挑んだ。

ダンジョン攻略は途中まで順調だった。

しかし――その冒険者パーティーは、攻略中にダンジョンの罠を作動させてしまった。

その罠とは作動すると毒ガスが噴出し、あっという間にダンジョン内を汚染してしまうものだ。そのせいで現在、ダンジョン内は凶悪な毒ガスが満ちている状態らしい。

冒険者たちだけでは、どうしようも出来なくなった。

そこで連絡用の魔石を通して、ギルドに連絡があったらしいが……。

『そこにいるのは、ヒナかい？』

「ライナルト！」

アーヴィンと話していたのはライナルトだったんだね。

話の途中で、ライナルトが口を挟む。

『まあ、アーヴィンから説明してもらっている通りだ。ギルドとしても、洞窟内に充満した毒ガスのせいで救出は困難だと判断している。だが……だからといって冒険者を見捨てるわけにもいかない』

「そこで騎士団に冒険者救出の要請がきた……というわけだ」

「まあギルドはお手上げ状態なんだろうね。普通、騎士団にそんな要請がくるなんて、よっぽどのことだから」

ライナルトとアーヴィンが交互に説明してくれる。

「じゃあ、いまからあーびんが、たすけにいく……ってことなの？」

ここまでの話を聞いていたら、なんとなくそこまでは理解できる。

だけどちょっと心配……だって洞窟内には毒ガスが満ちているんでしょ？　アーヴィン、大丈夫かな……。

だが、私の予想に反して、アーヴィンは首を左右に振った。

「いや……それも難しいだろうな」

「どうちて？」

「毒ガスが厄介すぎる。俺でもすぐには助けにいけない。せめて体に行きわたってしまった毒を消せる治癒士や、毒ガスを中和出来る結界士――などといった人たちと一緒に行かなくては危険だ。しかもひとりやふたりじゃなくて、何人かは欲しい」

『でも……それを準備するには時間がかかる。それほど、洞窟内に満ちている毒ガスは厄介なんだ』

アーヴィンとライナルトが同じ見解を示した。

「そうなんだ……それまで、ぼうけんしゃのひとたち、だいじょぶかな？」

『……かなり難しいだろうね』

ライナルトが低い声音で言う。

『今のところは手持ちの毒消し草でなんとか凌いでいるらしいが――それも時間の問題だろう。彼らが持っている毒消し草で、完全に毒を消せるわけじゃないから』

「じゃあ……」

『うん。こちらが準備を整えるまでに――死ぬ可能性がかなり高い』

死ぬ――。

前世より、この世界では死が身近にある。

前世と比べて医療技術が発達しているわけでもないし、街の外には危ない魔物が蔓延《はびこ》っているんだからね。

だけどだからといって、それが人が死んでいい理由にはならない。

ライナルトの言葉に、私は胸がずきんずきんと痛んだ。

それに。

「……ライナルト。そのぱーてぃーのなかに、ライネしゃんってひとはいる？」

『ライネ？』

「きのう、しりあいになったの。わたしのしんゆうの、おとうしゃん」

『……ちょっと待っててくれ』

魔石から書類を捲《めく》る音がした。

ライネさんがその洞窟にいるとは限らない。別のダンジョンに挑んでいるかもしれないのだ。

だけど……残念なことに、私のこういう予感は当たる。

不安になりながら待っていると、やがてライナルトの声はこう告げた。

『――いる。洞窟内の罠を作動させた冒険者パーティー、そのリーダー格の男みたいだ。ギルドから貰ったリストに名前が載ってるよ』

「――っ！」

それを聞いて、私は思わず魔石の向こう側にいるであろう――ライナルトを問い詰めていた。

「ライネしゃんを、たすけにいかないと！　ライネしゃんがしんだら、むすめのアイリちゃんもわたしも、かなしむ！　なんとかならないの⁉」

「お、おいヒナ」

豹変した私にビックリしたのか、アーヴィンはなにがなんだか分かっていない様子。

私は昨日あった出来事を、手短にアーヴィンに説明した。

「……なるほどな。友達のお父さんを助けにいきたいということか。その気持ちはよく分かる。俺だって同じ気持ちだ。しかし……」

『ヒナ、無理だよ』

アーヴィンより先んじて、ライナルトがきっぱりと言い放つ。

「ライナルト様！　もう少し、言葉をお選びください。ヒナが悲し……」

『どうして？　ここで聞こえのいい言葉だけで、ヒナを誤魔化すつもり？　普通の子ども相手なら、それでもいいかもしれない。しかし僕はヒナにそんな失礼な真似はしたくないよ。現実的な意見を伝えるべきだ』

「で、ですが……」

アーヴィンもこれ以上反論出来ないみたい。

……うん。ライナルトの言っていることは分かる。いつも私の希望を叶えようとしてくれる彼が、こんなにはっきりと言うんだ。それほど、ライネさんたちの救出は困難ということだろう。

それにここで軽い口調で「いける！　いける！」と言い出しても、逆に信用出来ないしね。私のことを真剣に考えて、そう言ってくれるライナルトに感謝した。

『……元々、放蕩王子の僕にこの仕事が回ってきたのも、他の人たちが全員匙を投げたからだ』

「たらいまわし、ってやつだね」

『難しい言葉を知ってるね。その通りだ――そしてそれほど、冒険者パーティーの救出は難しい』

ライナルトの声がより一層真剣味を帯びる。

『今、僕たちが出来ることは洞窟を攻略出来る人員を、なるべく早く確保することだ。じゃないと共倒れになってしまって、結局冒険者パーティー救出も無理になるだろうからね。それまでライネたち一行が、なんとか持ち堪えてくれればいいが……』

一応、希望はある。

しかし他の人たちが全員諦めた事実や、ライナルトの言い方から、それがかなり淡い期待だということは分かった。

だけど。

「わたしは、ライネしゃんをたすけたい」

力強く言葉にする。

「あーびん、ライナルト。なんとかならないかな？　わたしにちからをかして」

私がこんなにふたりに反論するなんて、初めてのことかもしれないね。

アーヴィンは私の様子に目を見開く。

でも優しい彼は顎に手を当てて、真剣に考えてくれた。

「……洞窟内に充満している毒ガス。これがなくなれば、俺ひとりでもそいつらを助けにいける」

『我が輩も行くぞ』

「ハク！」

私たちの様子がタダごとじゃないと思ったのか、窓際で寝ていたハクも目を覚ましたみたいだ。

アーヴィンだけでも百人力なのに、ハクも来てくれるなんて……みんなの優しさが身に染みる。

『毒ガスさえなんとかなれば――それがライネ一行救出の必須条件だ』

ライナルトもそう言ってくれる。

「どくがす……かあ」

ダンジョン内で紫色のモヤが漂っている光景を思い浮かべた。

毒ガス……つまり気体だ。これをなくすためにはどうすればいいのかな？

……吸い込む？

今度は紫色のモヤが何者かに吸い込まれて、消滅したイメージが浮かんだ。

でもそんな風に気体――悪い空気を吸い込んでくれる人なんていないだろうし、やっぱりこれじゃあ――。

「あっ」

手を叩く。

あるじゃん。

人じゃないけれど――私が前世で暮らしていた世界には、悪い空気を吸い込んで浄化してくれる機械が――。

「どうした、ヒナ？」

「いいかんがえ、おもいついた！」

「いい考え？」

「うん。わたしにまかせて！」

と私は胸を叩いたのだった。

《ライネ》

「俺も焼きが回ったな……」

毒ガスが充満している洞窟内で、俺はそう呟く。

「ライ、ネさん……そんなこと、言わないでくださいよ。全員で、助か、りましょう……」

仲間のひとりが俺に発破をかける。

「あ、ああ……そうだな」

そう返事はするものの、こうやって喋るだけでも辛い。意識を保つだけで精一杯だった。

——最近、魔物が活性化している洞窟。

俺たちはそこに挑むことになった。

準備は万端だった。武器の手入れも怠っていないし、薬草の数も申し分ない。危なくなったらすぐに引き返してもよかった。

しかし今回の俺はどうかしていた。

結果を求めるばかりに、軽率に洞窟探索を続けていたように思う。

——あれがどうしても欲しい。

そのことで頭がいっぱいになっていて、冒険者としての嗅覚が鈍ってしまった。

そんな中、ひとりの冒険者が罠に引っかかってしまった。彼はこの中で一番経験の浅い男だ。気付かなかったんだろう。

そして「あっ」と思った瞬間には洞窟内に毒ガスが広がり始めたのだ。

『ひ、避難だっ！　すぐに帰還するぞ！』

慌てて指示を出すが、全てがもう遅い。毒ガスが噴出する速度が尋常じゃなかったからだ。

結果、あっという間に毒ガスは洞窟内に充満。

俺たちは持ってきていた毒消し草を使い、洞窟の出口を目指していたが……とうとう体が動かなくなってしまった。

手足が痺れている。息をするだけでも胸が焼けるように熱い。意識が徐々に遠のいていく。

「うぅ、すみません……ライネさん。オレが、軽率だっ、たばかりに……」

罠を踏んでしまった冒険者が懺悔する。

彼は目元に涙を浮かべ、悔しそうに顔を歪めた。

「いい、んだ——俺の方こそ……悪い。だから、もう、謝らなくても……いい」

彼を責めるつもりはなかった。

このパーティーのリーダーは俺だ。俺には彼らの行動を逐一見張る義務がある。

それに——冒険者として活動していくと、どうしてもこうした不測の事態は起こり得る。

実入りはでかいが、その分死ぬ可能性がいつでも付き纏う――それが冒険者というものだ。

連絡用の魔石でギルドには連絡したが……俺たちを助けにくるとは思えない。こんな危険な毒ガスが充満しているダンジョンを、すぐに攻略出来るヤツは王都にいない。

もしかしたら騎士団が動いてくれるかもしれない。だが、治癒士や結界士を集めるにも時間がかかる。

それまで持ち堪えれば、俺たちの命は助かるが……毒消し草はもう尽きた。

あと数分の命だろう。


――ここで死ぬのか。


いい人生だったと思う。

こんな不甲斐ない俺ではあったが、キレイな嫁さんも出来た。

もう亡くなってしまったが……今でも、俺は嫁さん以上の女はいないと思っている。

だが――唯一心残りなのは娘のアイリだ。

嫁さんが残してくれた、俺の宝物。

アイリは昔から引っ込み思案の子どもだった。

公園に連れていっても、他の子どもを見たら俺の背中に隠れてしまうような子だ。

死んだ嫁さんは、そんなアイリのことを心配していた。

『アイリにお友達が出来るのかしら？　ひとりでいることは決して悪いことじゃないけれど、辛いことも多いから……』

……と。

しかしそんなアイリにも素敵なお友達が出来た。ヒナちゃんだ。

ヒナちゃんは太陽のような女の子だった。

アイリはそんな彼女に当初、少し戸惑いを感じていたが、それは悪い意味ではない。おそらく憧れの意味が大きかったのだろう。

『わたしと、おともだちになって』

ヒナちゃんがアイリにそう言った時、俺は驚いてしまった。それはアイリも一緒だったと思う。

アイリはヒナちゃんの言葉に頷いた。

自分から意思を伝えるのが苦手な子でもあった。

それなのにあんなに力強い声を出せるなんて……と二重に驚いたことを今でも鮮明に覚えている。

『ヒナちゃん。俺の方からも頼む。アイリと――どうか仲良くしてやって欲しい』

自分よりも一回りも二回りも小さい子どもに、俺は頭を下げた。

ヒナちゃんみたいな友達が出来たら、アイリも変われるかもしれない――そう思ってのことだった。

「いい……こ、だったな……」

あんなに小さいのに、可愛くてしっかり者。

きっと人気者で友達も多いんだろう……と思った。

アイリがヒナちゃんと遊んでいる姿を思い浮かべたら、自然と笑みが浮かんだ。

唯一の懸念だった部分も解消され、俺もアイリも幸せだった。

「もう、少し……見ておきた、かった……」

アイリがすくすく成長して、学校に通う姿。そしていずれは誰かのお嫁さんになる――ことを想像すると目頭が熱くなったが、アイリが幸せならそれでよかった。


――アイリ、すまん。


心の中でそう謝り、ゆっくりと目を閉じ――。

「……ん？」

異変に気付く。

「毒ガスが……消えて、いく……？」

洞窟内にあれだけ満ちていた毒ガス——それらが出口の方へ吸い出されるようにして、辺りから徐々に消えたのだ。

不思議な光景だった。

「も、もしや結界……士？　いや、これだけの毒ガス。浄化出来る、だけの人員は……いない、はず……」

状況に頭が追いつかないでいると——。


「ライネしゃん！」


ひとりの天使のように可愛い少女が、こちらに駆け寄ってきたのだ。

傍には黒ずくめの男と、大きな犬——らしきシルエットも見える。

一瞬、夢を見ているものだと思った。

しかし俺の口は、無意識にこう動いていた。

「ヒナ……ちゃん？」

・・・・・・

「ヒナ……ちゃん？　どうして、ここに……」

「喋るな。そうするだけでも辛いだろ？」

アーヴィンが毒消し草――で作ったポーションを、ライネさんに飲ませた。

かなり高価なポーションらしいけれど、ライナルトが便宜を図ってくれたのだ。さすがライナルト！

「ふ、ふう……」

そのおかげで上がっていた息が徐々に整い始めるライネさん。

続けて、アーヴィンは他の人たちにもポーションを飲ませていった。

どうやらこの様子だと、みんな生きているみたいだね。よかった！

「毒ガスも……やっぱり消えている？　一体なにが――」

「わたしが、どくがすをけしました！」

「消した……？　もしかしてヒナちゃんは結界士……？」

「ちがう！　わたしは――まどうぐし！」

そう答える。

私は毒ガスを浄化する魔法なんて使えない。

でも――そんなものを使えなくても、私は毒ガスを浄化する魔導具を作れるのだ。
――私はここに来るまでのことを思い出した。

「『空気清浄機？』」

――魔導具ショップ。

私がアーヴィン、そして魔石を通してライナルトと話していた時だ。

アーヴィンとライナルトの声が重なり合う。

「はい！」

私はふたりに説明を続ける。

「そのまどうぐをつくれば、くうきがきれいになる。どうくつのどくがすもなくなるよ。だから、すべてかいけつ！」

「それは本当なのか？」

アーヴィンの問いに、私は自信を持って頷く。

「……ライナルト様。どう思われますか？」

『信じ難い話だけど……今までヒナの魔導具は不可能を可能にしてきた。十分出来る話だと思う』

ライナルトの声も心なしか、少し明るくなった。

そうと分かればすぐ行動！

「そざい、さがしてくるね！」

私は一階に下り、いつもの部屋に行って素材を漁った。

しかし——ここでまたもや壁に突き当たってしまうのだ。

「そざいが……たりない」

一緒に付いてきてくれたアーヴィンに言う。

「ここにある素材では足りないということか。まあ仕方がない。いくら魔導具ショップといえども、なんでも揃っているわけじゃないからな」

「うん……」

どうしよう……。

頭の中には空気清浄機のレシピは浮かんでいる。その中には貴重な素材もあったけれど、いつもみたいになんとかなると思っていた。

だが、現実は非情。

いくら空気清浄機を作れば解決といえども、素材がなければ話にならないのだ。

「いまから、そざいがどこかにうってないか、さがしにいくしかないのかな？」

『その心配はいらないと思うよ』

と魔石からライナルトの声。

『ヒナ。その空気清浄機？を作るのに必要な素材を言ってくれるかな？』

「えっと……」

ライナルトにそれを伝える。

すると彼は、

『――うん。それなら大丈夫だ。王宮にある。ヒナ、悪いけどすぐにここまで来てくれる？市場に探しにいくよりも、そっちの方が早い』

「い、いいの!?」

『もちろん』

王宮――王都の中心にある大きいお城。ライナルトや国王が住んでいる場所だ。

いつも遠くから眺めていることしか出来なかったけれど……まさか私がそんなところにお呼ばれするなんて！

「きれいなふく、きていかないとだめ？」

「そんな必要はない。俺もいつもこの格好で行ってるしな」

全身黒ずくめの服に身を包んでいるアーヴィンが答える。

まあ、そんなことを言っている場合じゃないよね。こんなことをしている間にも、ライネさんたちは苦しんでいるんだし。

『だったら我が輩の背中に乗るがいい。王宮まですぐだ』

とハクが私に背中を向ける。

「ならば俺はヒナたちが走る道を切り開こう。五分もあれば王宮に到着する」

アーヴィンとハクはお互いに視線を合わせて、ニヤリと笑った。

「ありがと！」


そうして私たちは王宮に足を踏み入れた。


アーヴィンはともかく、私とハクは中に入れるのかな？　ってちょっと不安だったけれど、それも問題なかった。

「よく来てくれたね。さあ――こちらに」

王宮の入り口までライナルトが迎えにきてくれたからだ。

警備兵？騎士？っぽい方々もライナルトを見て、深く頭を垂れる。いくら放蕩王子と言われようとも、ちゃんと敬われているようでなにより。

そしてライナルトの案内で、私は王宮の倉庫へと急いだ。

「わあ～、いっぱいある！」

貴重な素材がいっぱい！

倉庫は広く、ここだけでも魔導具ショップよりも広かった。そこに所狭しと素材が並べられている。

「いそがなきゃ」

本当はもっとゆっくり眺めたいけどね。何度も言うように、そんな暇はない。

アーヴィンやハク、ライナルトに手伝ってもらいながら、私は素材を手元に集めた。

「えい！」


雷の魔石（上級）　＋　浄化の水晶　＋　ガラヤ山谷の濃霧　＝　空気清浄水晶機

・空気清浄水晶機
周囲の悪い空気を吸い込み、浄化する魔導具。その効果は毒ガスを新鮮な空気に変えてしまうほど。中の水晶は一定以上使うと色が濁ってくるので、その場合は交換が必要。


そして――パパッと魔導具を作ってしまう！

見た目は前世にあった空気清浄機によく似ている。しかし一部がガラス製になっていて、そこから中に翡翠《ひすい》色の水晶が鎮座しているのが分かった。

試しにスイッチを入れてみる。すると空気清浄水晶機に周囲の空気が吸い込まれていって、中の水晶で浄化される。新鮮な空気が空気清浄水晶機から外に排出された。

……うん！　ちゃんと作動もするね！

「はやく、ライネしゃんのところにいかないと！　まだ、だいじょぶかな？」

「そうだね――ん。ちょっと待ってくれよ」

ライナルトは私に背を向けて、連絡用の魔石でなにやらぼそぼそと喋り出す。

あんまり聞こえないけれど、どうやらギルドと連絡を取っているらしい。

そして私たちに顔を向けたライナルトの表情には、焦りの色が滲んでいた。

「……洞窟に入った冒険者との連絡が途絶えた。連絡する気力がなくなったのか、あるいは――」

その先の言葉をライナルトは続けない。

ライネさんたちが危ない！

「ハク！　もういちど、わたしをせなかにのせて！　どうくつまで、つれってってって」

『無論だ』

「洞窟の入り口までは、俺が案内しよう。中に入ったら、ハク……」

『分かっている。我が輩が必ずライネを見つけてみせよう！』

事態は一刻を争う。

「はい。これが毒消しポーションだ。冒険者の人たちに飲ませてあげて欲しい」

「ありがと！　ライナルトも、いっしょにいく？」

「そうしたいところだけど、僕が行っても足手まといになるだけだからね。ここでギルドと連絡を取り合っているよ。ごめん」

「あやまらなくても、いい！」

適材適所。お互いがお互いの役割を果たして、最善を尽くせばいいのだ。


――そして十分もしないうちに、私たちは洞窟の前まで来た。

ハクが本気で走ってくれたため、ここまで短い時間で辿り着いたのだ。正直、猛スピードのバイクに乗っているみたいで、ちょっと怖かったけれど……贅沢を言っている場合じゃない。

それに遅れず付いてきた、アーヴィンの脚力も大概だけれど。


「だからもう、どくがすはだいじょぶ」


――とここまでの経緯をライネさんに伝えた。

空気清浄水晶機は洞窟の入り口に置いている。スイッチを入れるとあっという間に洞窟内の毒ガスが浄化されたので、ここまで早く辿り着けたわけだ。

「ヒナちゃん……魔導具師だったのか。そのことも色々聞きたいけど——それより、どうして俺たちの位置が分かったんだ？」

ライネさんが私たちにそう疑問をぶつける。

「ハクががんばりました！」

『うむ』

ハクがふんっと鼻で息をした。これが名物（私基準）、フェンリルのドヤ顔である。

昨日のこともあって、ハクがライネさんの匂いを覚えていたのだ。そのおかげで、ここに来るまで迷うことはなかった。

こんなさっきまで毒ガスが充満していたところなのに、よくそんなに鼻が利くもんだね。

ますますハクを見直した。

なにはともあれ一件落着。

周囲の緊張がほぐれていったんだけれど……。

「だが、どうしてこんな無茶な真似をしたんだ？　お前らは自分の実力も分かっていないのか？」

一転して、アーヴィンが低い声音でライナルトに詰め寄る。

え……？　もしかして説教タイム？

「あーびん、それは……」

「いや、いいんだヒナちゃん。悪いのは俺たちなんだからな。その人の言うことはごもっともなことだ」

ライネさんが私を手で制す。

「……一応言っておくが、説教したいわけではない。しかし実力を過信するほど、お前は愚かな冒険者じゃない。それくらいは見ただけで分かる」

「はは、なんだか怒られているのか褒められているのか分からないな」

バツが悪そうに、頭を掻くライネさん。

「言い訳のしようがない。だが、今回の洞窟探索はどうしても成功させたかった。だから結果を求めて、焦ってしまったのかもしれない」

「どうしても成功させたかった……？」

アーヴィンが訝《いぶか》しむような視線でライネさんを見る。

「ああ、実は……」

そう言って、ライネさんは胸元からとあるものを取り出した。

――私たちはあれから、みんなが回復するのを待って、洞窟を後にした。

そしてギルドに報告して……というようなことをやっていたら、いつの間にかお外はすっかりもう夜。

そしてライネさんはとあるものを持って家に帰ろうとしたんだけれど、私とアーヴィン、ハクは気になって彼に付いていくことにした。


「アイリ！」


ライネさんは玄関の扉を開け、アイリちゃんの姿を見るなりそう声を上げる。

「お父さん……？　それにヒナちゃん、ハクも。そっちの男の人は……初めましてですよね？」

アイリちゃんはハムスターのハーちゃんと遊んでいたのだろう。近くの床には玩具や本が散らばっていた。

彼女はライネさん——そして私とハク、アーヴィンを見て目を丸くする。

「もうお仕事、終わったの……？　ダンジョンに行くって言ってたと思うけど……」

「ああ。大丈夫だ。無事に済んだ」

アイリちゃんはライネさんの身になにが起こったか、当然分かっていない。

だからライネさんは彼女を心配させないように、そう気遣う。

「でも……なんだか疲れているみたいだね、お父さん。どうしたの——」

そうアイリちゃんが言葉を紡ごうとした時であった。

ライネさんはアイリちゃんに駆け寄り、彼女を強く抱きしめた。

私たちはその光景を、黙って眺めていた。

「ど、どうしたのお父さん⁉　ヒナちゃんもいるのに、恥ずかしいよ。今日のお父さん、なんだか変」

「アイリ……アイリ……！」

ライネさんは彼女の言葉にも応えずに、一心不乱に「アイリ」と繰り返す。

そりゃそうだよね。だってライネさんはついさっき、死にかけたんだから。

もう二度と彼女に会えないことも覚悟したんだろう。

私たちからはライネさんの背中しか見えないけれど、きっと彼の目には涙が浮かんでいたに違いない。

一頻《ひとしき》りアイリちゃんを抱きしめていたライネさんだったが、やがて彼女の両肩を持って体を離す。

「アイリ……今日はお前にプレゼントがあったんだ」

「プレゼント？」

首をかしげるアイリちゃん。

そんな彼女に対して、ライネさんは胸元からとあるものを出した。

「あ」

それを見て、アイリちゃんはすぐに気付いたんだろう。

「昔……お母さんのベッドの近くに飾っていた……花」

「月友花《げつゆうか》っていうんだ」

とライネさんは口にする。

さて――この月友花。

ライネさんがあの洞窟で摘んできた花である。

なんでもこの花は、アイリちゃんにとって特別なものだったらしい。

昔、家に飾っていたが枯れてしまった。それからライネさんはすぐに新しい月友花を買おうとした。

しかし月友花はとても貴重なものらしく、市場では流通していなかった。

なかなか見つからず、悶々とした日々を過ごしていたライネさんだったが、彼の耳にとある噂が入る。月友花があの洞窟にあるという噂だ。

「お前……一週間後、誕生日だろ？　そこまで待とうとは思っていたが、我慢出来なくなってな」

ライネさんの涙混じりの声。

そう――アイリちゃんの誕生日が近付いていたこともあり、ライネさんはいてもたってもいられなくなった。

そして少々無茶だということは分かりながらも、あの洞窟に足を踏み入れた――ということだった。

これがライネさんが今回、無茶をした理由である。

「お母さんが死んだ時、この花も一緒に枯れてしまった。だからお前にとっては悪い思い出なのかもしれない」

「………………」

アイリちゃんはライネさんの言葉に、黙って耳を傾ける。

月友花は真夜中にも咲き誇り、まるで月に向かって成長しているように見える花だ。だから月の友達の花――という名前が付けられたらしい。

しかし一方、どれだけ丁寧に手入れをしても、枯れてしまうのが早い花だということでも知られている。場合によっては一週間で枯れてしまうこともしばしば。

月友花が貴重なのは、そういう理由もあるんだろう。

「だが……これはな、強い花なんだ。短い一生を全力で走り抜ける、強い花」

それはあんな暗い洞窟内でも咲き続けていたことからも分かる。

「もしかしたら、この花もすぐに枯れてしまうかもしれない。だが――そうなった場合は俺が何度でも取りにいってやる。だからアイリも強く生きて欲しい。それが俺と――嫁《あいつ》の願いだったんだ」

アイリちゃんの双眸《そうぼう》を真っ直ぐ見つめるライネさん。

彼女はその視線を受けて、まるで込み上げてくるものを発散するかのように、

「……っ！　お父さん！」

——と今度はアイリちゃんの方からライネさんに抱きついた。

「お父さん……ありがと。アイリ、この花がもう一度見たかった。アイリもこの花みたいに、強く生きるね……！」

「アイリ……」

それからはふたりして抱き合ったまま涙を流していた。

今はただの傍観者の私でも、この光景にはうるっときてしまう。

「……お前の友達、よかったな」

「うん！」

アーヴィンに頭を撫でられて、私はそう返事をした。

《アイリ》

気付けば涙が流れていた。
月友花——そんな名前だったんだ。

もう見られないと思っていた。

でもお父さんが取ってきてくれた。お父さんの姿を見るに、きっと手に入れるのに無茶をしたんだろう。それくらいは分かった。

『もしかしたら、この花もすぐに枯れてしまうかもしれない。だが――そうなった場合は俺が何度でも取りにいってやる』


その言葉がとても嬉しかった。

何度でも取りにいってやる――。

わたしはもう、失うことを怖がらなくていいんだ。

二度と見られなくなるものなんてない。

仮にちょっとだけ私の前からいなくなっても、力強く捜していればもう一度会える。

そうわたしに思わせるひと言だった。

「ご、ごめんなさい！　ヒナちゃん。変なところを見せてしまって……」

やがて涙も枯れた後、わたしはヒナちゃんがいることをふと思い出して、慌てて顔を上げた。

いけない！

友達のヒナちゃんに恥ずかしいところを見せちゃった！

親子一緒にいきなり泣き出すなんて……変だよね。

だけどヒナちゃんは少しも笑わず、わたしの方へ歩み寄る。

そして昨日みたいにわたしの両手を握って、こう言った。

「ともだち」

「え？」

「わたしとアイリちゃんは、ずっとともだち。たとえ、なんどうまれかわっても――てんせいしても、わたしは、アイリちゃんとともだちになる」

何度生まれ変わっても――。

さっきのお父さんの言葉を真似たのかな？

それにてん、せい……？ってなんだろう。わたしでも知らない言葉だった。

だけど――どうしてだろ？　その言葉を聞くと、不思議としっくりくる感触もあった。

なんにせよ、ヒナちゃんがそう言ってくれるのは嬉しい。

だから――。

「う、うん！　わたしもヒナちゃんのことが大好き！　ずっと友達でいようね！」

と返すのであった。

《エルチェ》

一方その頃、帝国では……。

「ふむふむ……なるほど。ヒナはフェンリルを従魔にしていましたか」

ギヨームに代わり、新しく宮廷魔導士のトップに座った私――エルチェ。

私は部下からの報告を聞き、何度か頷いた。

「はい。おそらく、少し前に我々が捕らえようとしたフェンリルのことだと思います。最初は私も信じられなかったんですが……」

「まあそれも仕方がないでしょう」

魔獣の中でもトップランクのフェンリルを従魔にしてしまうなど、そんなメチャクチャな話は聞いたことがない。

ギヨームならそんな報告を聞いた瞬間、一笑に付していただろう。

しかし……今までのことを考えると、十分に有り得る。

ヒナの力は規格外だ。

どんな手段でフェンリルを使役しているのか分からないが、大方魔導具の力だろう。魔獣を無理矢理自分に従わせる魔導具なんてあれば、それは既に神具に匹敵するが……今までの話を聞いていれば、不思議ではない。

それに前回、ヒナを取り逃した事件でもフェンリルが出現したと聞く。

どうしてそんなに間が悪いんだ……と思っていたが、そのフェンリルがヒナの従魔なら辻褄が合う。

「本来なら、無理してヒナを連れ戻す必要はありませんが……帝王陛下の耳にもヒナの話は入っています。これ以上怒らせるのは得策ではありません」

「その通りですね。せめてヒナを帝王陛下に差し出さなければ、こちらの立場がさらに悪くなるかもしれません」

部下の言葉に、私は頷く。

優秀な魔法使いを掻き集め、やがて世界の覇権を取る——それが帝王の望みであった。

そのために帝王はヒナの力を欲した。なんでも一番でないと気が済まない帝王にとって、ゼクステリア王国がヒナを抱えているのが我慢ならないのだ。

無論——理由はそれだけではない。

戦力的な意味でも、ヒナの魔導具があればゼクステリア王国がさらに力を付けてしまうかもしれない。

それほどまでにヒナの力は強大で、ペルセ帝国としては喉から手が出るほど欲しい人材であった。

「しかし……もう荒事は起こせません」

なんせゼクステリア王国の第三王子、ライナルトに目を付けられてしまっている。

放蕩王子と呼ばれ、王位から程遠い存在の彼ではあるが……こちらとしても無視出来ない。

「個人的にはあの放蕩王子は、他の王子に比べて最も厄介。噂に聞く限り、あれほどの曲者もいないでしょう」

ゆえに前回のギヨームの時と同じように、強引な手段を使えば手痛いしっぺ返しをくらう可能性がある。

ヒナを攫うにしても、それがペルセ帝国の仕業だということは隠さねばならない。

少々怪しくても、決定的な証拠さえ掴ませなければ、あちらも追及は出来ないだろう。

あとはいつものように、のらりくらりとやりすごせばいい。

しかし……。

「問題は……そのフェンリルがずっとヒナの近くにいることですね。そのせいで人目を盗んで、ヒナを誘拐することも出来ません」

「ですね」

いくら宮廷魔導士が帝国で最強の魔法使いと呼ばれようとも、フェンリル相手では激戦が予想される。

そんな騒ぎを街中で起こしてしまえばどうなるか？

たちまちあの放蕩王子の耳に入って、すぐに行動を起こされるに違いない。

「どうしましょう、エルチェ様。騒ぎを起こさず、あのフェンリルだけでも排除出来ればいいんですが……」

「ふむ……」

顔を手で覆い、私は思考を始める。

だが――結論が出るまでには、そう時間がかからなかった。

「……確かこちらの手駒に、闇魔法を使える少年がいましたね」

「はい」

「その少年は闇魔法をどれくらい使いこなせますか？」

「教育しましたので、実戦にも投入出来るかと。他の魔法と比べて、闇魔法は特殊です。それに耐性を持っている者はなかなかいませんし、相手からしたら厄介でしょう。しかしエルチェ様、いきなりどうして――はっ！」

そこで部下も気付いたのだろう。

彼の反応を見て、私はニヤリと口元を歪める。

「その少年の闇魔法で、フェンリルを無力化しなさい。殺すまでには至らなくても、眠らせる程度のことは出来るでしょうから」

いくらフェンリルでも闇魔法に抗う術はない。

それほど闇魔法というものは厄介で希少なのだ。だからこそ重宝される。

「さ、さすがです、エルチェ様！　素晴らしいお考えかと！」

「しかし――これだけではまだ不十分です。今度の任務に失敗は許されません。まずは最近のヒナの行動を洗い出すことが先決です。そして……周囲の者には気付かれず、ヒナを攫うための作戦――それを立てるのです」

「はっ！」

部下は返事をし、部屋から出ていった。

それを見届け、私は椅子の背もたれに体を預ける。

「くくく……丁度、闇魔法の使い手が手に入っていてよかった。まだ天は我ら――帝国に味方しているようですね」

# 四話

# ◆誘拐◆

「クラースのおみせ、はんじょうしてるかな？」

とある日。

私は昼食をクラースのところで済ませるために、いただきます亭に向かっていた。

【うむ、問題はないだろう。なんせヒナが考案したカレーライスがあるのだからな。あんなに美味しい料理があって、お店に閑古鳥が鳴くわけがあるまい】

「だったら、いいんだけど……」

あっ、今日もハクがご一緒です。

そろそろひとりでお出掛けすることも出来ると思うが、アーヴィンとハクが許してくれなかったのだ。

『ヒナをひとりにさせるなんて危険すぎる！　ヒナは可愛いから、誘拐されてしまうかもしれないからな！』

ってアーヴィンが言っていた姿を、今でも鮮明に思い出せる。

「もーう、あーびんもわたしをこどもあつかいにしすぎ！　なんだから」

【今朝のやり取りのことを言ってるのか……？　――だったらなにを言う。ヒナはまだか弱い子どもだ。アーヴィンが心配するのも無理はない】

なにを当然のことを……と言わんばかりのハクの表情。

でもハクとお出掛けするのも楽しいけどね。

前世ではひとりで買い物することには慣れていたけれど……こうして、誰かと喋りながらお出掛けするのも乙なものだ。

「アイリちゃんもこれ、よろこんでくれるかな？」

そう言って、私はポケットから例の翻訳機を取り出す。

クラースのお店でご飯を食べた後、アイリちゃんの家に遊びにいくつもりなのだ。

前回、アイリちゃんにハーちゃんと喋るための翻訳機をプレゼントするって約束していたからね。

ライネさんのこともあって、なかなか渡す機会がなかったけれど……アイリちゃんも喜んでくれるといいなあ。

ハーちゃん用の翻訳機は、ハクが首輪みたいに身につけているものと違って、一回り小さい。

小型化に成功しました！

――なーんてことを考えながら、私はルンルン気分で街道を歩いていた。

すると……。

「あれ？」

真っ白な体をした小鳥が目に入った。

特段珍しいことでもない。

だけど小鳥は羽ばたきもせず、地面に立っていた。さらにきょろきょろと首を動かし、見るからに困っている様子だった。

「ことりしゃんだ……どうしたのかな。まいごかな？」

【群れからはぐれたのかもしれないな。話を聞いてみるか？】

「うん」

私はアイリちゃんにプレゼントする予定の翻訳機を握りながら、小鳥に近付いた。

「しゅみません。なにかおこまりごと、ですか？」

『え、ええ……』

翻訳機から魔力波が発せられ、小鳥の声が私の耳まで届く。

でも小鳥の声はちっちゃかったので、周囲の音に紛れて聞こえにくかった。

だから私はその場でしゃがみ、小鳥の声に耳を澄ませる。

『ご主人様とはぐれちゃって……』

「そうなんでしゅね。だったら……いっしょに、さがしてあげる！　まいごは、こころぼそいでしょうから」

【ヒナ？　寄り道するつもりか？】

私の言ったことに、ハクが眉をひそめる。

「うん。だって、ほっておけないよ。こんなに、こまってるんだから」

【まあ別にいいが……ひとつ忠告はしておく。ヒナの優しさは誇れることだ。だが、いつかその優しさにつけ込む者が現れるかもしれない。今回は我が輩もいるからいいが、ひとりでいる時は気を付けることだ】

「……？　わかった」

どうしてハクはそんなことをいきなり言い出したんだろう？

だけど……前回、ハーちゃんを助けた実績が私にはあるからね。

もしかしたら、また素敵なお友達が出来るかも！

と、この時の私はハクの言ったことを深く考えなかった。

「ごしゅじんさまの、こころあたりは？」

『あっちの方ではぐれたから、もしかしたらまだそこにいるかも。案内するわね』

「おねがいしましゅ！」

小鳥が飛び立ち、私たちはそれを追いかける形となった。

【どうして見当が付いているのに、ひとりで探さなかったんだ？　おかしなヤツだ】

道中、ハクはずっと腑に落ちない顔をしていた。

だけど小鳥の飛ぶ速度が意外と速かったので、私たちはそれに付いていくので精一杯になっていた。

『この辺りよ』

小鳥に導かれるまま走っていると、やがて人気《ひとけ》の少ない道に出た。

そして。

「ここは……なにかの、おみせ？」

『うん』

私の問いに、小鳥が肯定する。

うーん、あんまりお客さんがいなさそうなお店。しかもなんのお店なのかすらもよく分からないし……。

『この中でご主人様と別れたの。もしかしたら、ここに戻ってきているかもしれないわ』

「そうなんだ」

【待て、ヒナ。やはりおかしい。ここは――】

ハクがなにかを言っていたが気にせず、私はお店の門扉を押し開けた。

次の瞬間であった。

ふらぁ――。

「え？」

突如、体を包む不思議な浮遊感。

その場に立っていられなくなり、私はその場で倒れてしまう。徐々に頭の中が真っ白になっていき、満足に口を動かすことも出来なくなっていた。

【くっ、なんだこれは。魔法か？　いや、それならどうして我が輩にこんな簡単に効く――ヒナ――】

最後にハクが私の名を呼ぶ声が聞こえた。

ハクも私の隣に寝そべり、目を瞑った。

え？

どういうこと？

「上手くいったな」

既に視界はブラックアウトしている。

しかし数人が話をしている声が聞こえてきた。

◆誘拐◆

「やはりお前の闇魔法は一級品だな。よくやった」

「ほんとほんと。このお嬢ちゃんはともかく、まさかフェンリルの意識をこんなに簡単に狩るとは」


意識を狩る？

ハク！　死んでいないよね!?

自分の身を案じるより、私はハクのことが心配になった。

「……だが、俺に出来るのはここまでだ。すぐにフェンリルも目を覚ますだろう」

一際《ひときわ》若い少年のような声。

私はそれを聞いて、ひとまずほっと安心した。

「じゃあさっさとこいつを連れて、街から離れないとな」

「フェンリルはどうする？　一緒に攫っちまうか？　それとも――ここで殺すか……？」

――めっ！

そう声を上げようとするが、意識を保っているのに精一杯で、それ以上のことは出来そうにない。

どうしよ⁉　ハクが殺されちゃうよ！

だけど私の不安を取り除いてくれたのは、またしても先ほどの少年の声だった。

「……いや、それはリスキーすぎる。こいつが目を覚ましたら、また同じような過ちはしないだろうからな。それにもし殺すのに失敗したら？　途中で目を覚ましたら？　万が一、失敗すれば俺たちの命が危ない。フェンリルはこのまま放置すべきだ」

どうせこいつが目を覚ましても、俺たちの居場所は分からないんだしな――。

とその声は続いた。

「それもそうだな」

「よし、さっさとずらかるぞ。よいしょっと」

誰かに担がれるような感覚。

乱暴な手つきだった。痛い！　って声を上げそうになるけれど、それすらも出来ない。

私……これからどうなっちゃうの？

そう思ったところで、意識が完全に途切れた。

## ◆誘拐◆

「ん……」

鈍い頭痛。

まだ頭がぐわんぐわんするけれど、私は目を開けて辺りを見回した。

「ようやく目が覚めたか。お前、なかなか起きないからちょっと心配したぞ」

意識が切れる前、聞こえていたものと同じ少年の声。

そちらに顔を向けると、ちょっと生意気そうな少年が片膝を立てて座っていた。

私よりちょっと年上なのかな？　十歳前後くらいに見える。

「ここは……ばしゃの、なか？」

頭を押さえながら、状況を確認する。

外から車輪と馬車の蹄の音が聞こえた。あんまり上等な馬車じゃないのか、体に伝わってくる震動がガタンガタンと酷い。

頭痛は多分、このせいみたいだね。

馬車の音は一台だけではなく、複数聞こえる。

あの時、聞こえてきた声はひとりじゃなかったのに、ここにいるのは私と少年ふたりだけということは……これとはまた違う馬車がありそうだね。他の人たちはそっちに乗っているんだろう。

「ここが馬車の中ってのが分かるのか？　目が覚めたばかりなのに、理解が早いんだな」

生意気少年の感心したような声。

だけどそれ以上、私にあまり興味がなさそうで、ふんっとそのまま視線を逸らしてしまった。

彼の横顔を見ると、なかなか整った顔立ちをしていることが分かった。しかし髪型はいかにも自分で切り揃えましたという感じで、ちょっともったいない気もした。

「こ、ここはどこ⁉　ハクは？」

声を上げて、彼に詰め寄ってしまう。

『やめて！』

聞き覚えのある声……あっ、飼い主を捜してあげていた小鳥だ。

右手をゆっくりと開く。そこには翻訳機が握られていた。

アイリちゃんにプレゼントするはずの翻訳機……そのまま持ってきていたみたいだね。没収されていなくてよかった。

生意気少年の肩に、あの時の小鳥が止まっていた。

「おお……それが翻訳機か。話には聞いていたが、本当に動物の声が分かるんだな。驚いた」

驚いた様子の彼。

うーん、翻訳機の存在も知っていることだし、彼は私のことを元々知っていたっぽい？

でも今はそんなことより……。

「ことりしゃん……？」

『この子は悪くないの……コリンはかわいそうな子。だから責めるんだったら、あなたを騙した私を責めて……』

「おい、キュロ」

彼が声を出す。

どうやら生意気少年の名前は、コリンっていうみたいだね。そして小鳥はキュロか……うん、覚えたぞ。

「……それにあまり大きな声を出すな。ヤツらに気付かれる」

と彼――コリンは視線で合図を送った。

馬車ってことは御者もいるんだよね？　その人を示したんだろうか。

今は馬車の揺れが酷いせいか、私たちの声が聞こえていないっぽいけれど……コリンの言った通り、声量は小さくした方がよさそうだ。

「ねえ、コリン」

「馴れ馴れしく俺の名前を呼ぶんだな。ひとつ言っておくが、俺はお前と友達になるつもりはないぞ」

「ここはどこなの？　いっしょにいた、ハクはどうなった？」

無視して話を続けると、コリンは露骨に嫌そうな顔になった。

しかしすぐに表情を戻し、

「——お前は誘拐されたんだよ。ハク……ってあのフェンリルの名前だよな？　あれなら連れていけないから、あそこに置いていった」

「ハ、ハクはだいじょぶなの!?」

「心配するな。命に別状はない。いくら俺の力でも、フェンリルなんか殺せはしないよ」

とコリンは肩をすくめた。

「よかったあ」

意識が途切れる前に聞こえてはいたけれど……夢じゃなくて本当によかった。安堵の息を吐く。

「……お前、変なヤツだな。自分のことより、あのフェンリルのことを心配するなんて」

呆れたように溜め息を吐くコリン。

「それで……はなしをもどすよ。わたし、ゆうかいされたの？　どうして？　ここはどこ？」

「言うわけないだろ。まあ安心しろよ。身の安全は保障するから。じゃないと、ヤツらに怒られちまうからな」

どうやらコリンから、それ以上情報を得られそうにない。

だけど……ハクがフェンリルだということも分かってたみたいだし、この感じ――大体予想が付く。

「これは――ていこくの……きゅうていが、からんでますか？」

「…………」

私の問いに、コリンは答えてくれなかった。

しかし彼の表情を見ていると、自然と答えが分かるようだった。

最後、私とハクの意識を奪ったもの……不思議な魔力を感じていたしね。

もちろん、ただの人攫いだということも考えられる。私くらいの小さい子は変態貴族に高く売れる……という話も聞いたことがあるからだ。

しかしそれにしては用意が周到すぎる。

それにハクを眠らせるほどの強力な魔法……それが使えるとなると、ペルセ帝国の宮廷しか思いつかないのだ。

「そっかー……あーびんに、ひとりでもだいじょぶっていったのに、はんせいしなきゃだね」

今回はハクと一緒にいたけれど……こうやって誘拐されてしまった。ひとりでも同じことだっただろう。

アーヴィンに合わせる顔がない。

「……お前、怖くないのか？」

「こわい？」

コリンが私と視線を合わさないまま、こう問いを重ねた。

「お前、誘拐されたんだぞ？　もっと怖がるのが普通だろうが。分かっていると思うが、お前とフェンリルが意識を失ったのは俺の力のせいだ。それなのに……能天気に構えすぎじゃないか？」

「うーん……そうかな？」

首をかしげる。

元々、自分が前向きな性格をしていることは理解している。

だってくよしてちゃ、なんにも解決しないからね。それよりは前を向いて、頭を使ったり行動した方が何倍もいい。

それに。

「あなた、そんなにわるいひとじゃなさそう……だからかな？」

「はあ？　俺がか？」

とコリンは驚いた顔をして、自分を指差す。

あっ、こんな年相応な表情もするんだね。

初めて素の彼の表情が見られた気がした。

「だって、わたしのことをきづかってくれた。ハクのことも、ころさないでいてくれた。ことりしゃんも、あなたをかばっている。だから……あんまりこわくない」

『ふふふ、あなた見る目があるじゃない。その通りよ。コリンは昔から口は悪いけど良い子で……』

「おい、だから余計なことを言うんじゃないって」

コリンが苦虫を噛み潰したような顔になる。

なんかコリンとキュロの関係って、お母さんと子どもみたいだね。

過保護すぎるお母さんのことを、鬱陶しがる子ども。コリンは丁度反抗期くらいの歳（だと思う）だし、違和感がない。

「ははは」

だからつい笑ってしまった。

「……お前、すごいな。こんな状況でも笑うなんて」

「ごめんなしゃい。きをわるくした？」

「いや、そんなことはない。変なヤツだと思っただけだ」

そう言って、コリンは俯いてしまった。

その後は私がいくら質問をしても、まともに答えをくれなかった。

どうやらこれ以上、私と話す気がないらしい。

でもそんなことより……。

「おちりが、いたい」

せめて誘拐するなら、もっと良い馬車に乗せて欲しかったものだ。無茶な相談だと思うけれど。

それにしても……今頃、ハクはどうしているかな？

もう目が覚めて、私を捜しているのかな。それともアーヴィンたちに報告している？

戻ったら、アーヴィンたちに怒られるかもしれない。ほら見たことか！　やっぱりひとりは危ないんだ！　って。

「かえすことばも、ございましぇん」

お尻の痛さに耐えながら、私はハクやアーヴィンたちのことを思っていた……。

◆誘拐◆

《アーヴィン》
今日は騎士団の仕事は休暇を貰っている。
久しぶりに魔導具ショップで姉の手伝いをしながら、俺はヒナたちが帰ってくるのを待っていたが……。
『アーヴィン！』

ハクがすごい勢いで魔導具ショップに入ってきた。

「どうした、ハク。そんな顔をして。ヒナも――ん？　ヒナはどこだ」

すぐにヒナがいないことに気付き、俺はハクに問いかける。


――胸騒ぎがする。


ハクは相当慌てているのか、息を整えながらこう口にする。

『ヒ、ヒナが攫われた！』

「なんだと!?」

俺はその言葉を聞き、冷静さが一気に吹っ飛んでしまう。

ヒナが……攫われただと……？

最悪の事態だ。ハクがこれだけ動揺しているのも頷ける。

「お前がいながら一体なにをしていた――いや、今はそれを追及している場合じゃないな」

しゅんと項垂れた様子のハク。

色々と文句を言いたくなったが……事態は一刻を争う。ハクを責めている場合ではない。

「お前がここに戻ってきているということは……ひとりではどうしようもないほど、事態は深刻ということだな」

『う、うむ』

「分かった。じゃあ――取りあえず、ライナルト様をすぐに連れてくる。あとは協力してくれそうな者にも声をかけよう。シーラ――手伝ってくれるか？」

「う、うん！　もちろんだよ！」

シーラも両手で持っていた魔導具を床に落としてしまっている。彼女としてもヒナがいなくなったことは重大ニュースだ。

俺たちは急ぎ、ここ魔導具ショップに集まってくるようにヒナと近しいみんなに連絡を入れた――。

そしてみんなが集結したのは、ほどなくしてだった。

魔導具ショップの出入り口に『閉店中』の札をかけ、俺たちは円になって話し合っていた。

「ハク。まずは話をもう少し詳しく聞かせてもらえるかな？」

まずはライナルトが口を開く。

『う、うむ……我が輩はヒナとクラースのお店に向かっていたんだ。その時に一羽の迷子の小鳥を見つけた。ヒナは優しいからな。その小鳥の飼い主を探そうとした』

優しいヒナらしい行動だ。

彼女は困っている人を見かけたら、放っておけない性分がある。

俺は最初にヒナと出会った時――魔物の森での出来事を思い出していた。

「そうだったんですね。ヒナが今日来ることは連絡を受けていましたが――なかなか来ないと思っていたら、こんなことになっていたとは……」

クラースは心配そうな顔をしている。

ヒナが誘拐されたことをクラースに伝えると、彼はすぐにいただきます亭を閉めて、魔導具ショップまで来てくれたのだ。

「ヒナちゃん、大丈夫かな？」

「大丈夫だよ、アイリ。ヒナちゃんは強い子だ。そう簡単にやられたりはしないよ」

不安になって、暗い表情をしているアイリ。そんな彼女の背中を、その父親のライネが撫でていた。

アイリはヒナの友達だ。

このことを伝えるか悩んだが……人手は多い方がいい。ベテラン冒険者であるライネの協力は欲しかった。

――というわけで、今この魔導具ショップでは俺とシーラ、ライナルト、クラース、ライネ、アイリ……そしてハクが一堂に会している。

みんな、ヒナを思う気持ちは一緒だ。とても心配そうにしている。

「うんうん、それで？」

ライナルトは冷静にハクに話の続きを促す。

『小鳥の主人を捜していたら……とあるお店の前に辿り着いたのだ。この中に小鳥の飼い主はいるかもしれないという。少し変だとは思った。しかし止める間もなく、ヒナが店内に入ってしまったのですぐに追いかけたのだが……入ると急に頭がクラクラして、立っていられなくなってしまった』

「ヒナはともかく、お前もか？」

俺が問いかけると、ハクは首を縦に振った。

忘れそうになるが、ハクはフェンリルである。当然そういった術に対する耐性がある。

それなのに、そんな簡単にハクが出し抜かれるということは……。

「クラース」

「はい。おそらく相手は闇魔法の使い手でしょう」

俺がクラースに視線をやると、彼はそう断言した。

「闇魔法に耐性がある方は、ほとんどいません。ハクがやられてしまったのも頷けます」

闇魔法——。

魔力を持っている人間は貴重。その中でもさらに希少な存在と言えるのが、闇魔法の使い手だ。

俺もそこまで詳しくは知らない。闇魔法の使い手と対面したこともなかった。

しかし噂に聞くと、それは人の意識に入り込み自由自在に操ることも出来るのだという。

そしてクラースの言った通り、闇魔法に抵抗出来る者はかなり少ない。

ハクが簡単に意識を狩られたという事実の原因は、それくらいしか思い至らなかった。

『我が輩が目を開けた時には、ヒナの姿は消えていた——というのが事件の経緯だ』

「なるほどね」

ライナルトが顎に手をやり、一頻り思考する。

「……ヒナが勝手にハクの前からいなくなるとは思えないし、何者かにそのまま誘拐されたと考えるのが筋だろうね。しかも闇魔法の話が本当なら、用意周到だ。ハク、ヒナを攫った人物になにか心当たりはないかい？」

『……意識がなくなる前、何人かの男たちの声も聞こえてきた。我が輩がフェンリルだということも察しているようだった。しかも闇魔法の使い手が、一介のゴロツキ共の中にいるとは思えない。と考えると……』

「ペルセ帝国の仕業——である可能性が高そうだな」

俺が言ったことに、ここにいる一同が表情を硬くする。

世界中から魔法使いを集めているペルセ帝国なら、闇魔法の使い手くらい抱えていたとしてもおかしくなさそうだからだ。

ヒナを誘拐する理由――それにハクがフェンリルだということも分かっている。それらを総合的に判断すると、ペルセ帝国の仕業と考えれば辻褄が合う。

しかし。

「……決定的な証拠がないね」

ライナルトがぼそっと呟く。

証拠がない以上、ペルセ帝国にこのことを追及するのは難しい。のらりくらりと躱《かわ》されてしまうだろう。

「これも計算に入れて、帝国はヒナを攫ったんでしょうか？」

「だろうね。全く……あいつらは相変わらず汚いよ」

顔を歪めるライナルト。

「えーっと、ヒナちゃんが今どこにいるか全く見当つかないのかな？」

姉のシーラが手を上げてそう発言する。

「まあペルセ帝国に向かっているんだろうな。しかしどこを移動しているのか分からない」

「一度、帝国内にヒナが入ってしまったら、こちらも手出しが難しくなる。それまでになんとかしないと」

俺とライナルトが交互にそう口にした。

ヤツらが真っ直ぐペルセ帝国に向かってくれれば、まだ経路は分かりやすい。

しかしヤツらもそこまでバカではない。俺たちがペルセ帝国の仕業だと考えることは、予想しているだろう。

ゆえに迂回した経路を取る必要がある。

それはヒナがペルセ帝国に入るまで無駄に時間を要するので、こちらとしては好都合だが——同時に、俺たちがヤツらの居場所を把握しにくいという意味にもなる。

すぐに行動したいが、無駄な時間を食うような行動は取れない。

「くそっ！」

歯痒さを感じて、俺はテーブルに拳を叩きつけた。

そのことを咎める者は、ここには誰ひとりいない。みんな同じような気持ちなんだろう。

「いつも俺はヒナに助けられてばかりだ。それなのに俺はヒナひとりを救い出すことすら出来ないのか？」

俺は生きる意味を見失っていた頃——彼女に出会った。

彼女は俺に死んだらダメと言ってくれた。俺が死んだら、自分が悲しむとすら言ってくれた。

初対面の人間相手にだ。それなのにあんな悲しそうな顔が出来るなんて……ヒナの澄んだ心が現れているようだった。

それに俺は自分の顔が嫌いだった。

周囲からジロジロと見られ、悪意を向けられることも多かった。

しかしヒナはそんな俺のことを『好き』と言ってくれた。

そのひと言で俺は救われた。

「ヒナは助ける。絶対にだ」

ならば――今度は俺がヒナを救う番だ。

俺の発した決意に、一同は首を縦に振った。

《ハク》

――我が輩がいながら、こんなことになろうとは。

我が輩はアーヴィンたちの話を聞きながら、先ほどのことをただただ悔いていた。

そもそも最初からおかしかった。

飼い主がどこにいるのか見当が付いているのに、どうしてひとりで行動しない？　それに捜すとなったら、空を飛んだ方が早いではないか。

おそらくあの小鳥もヒナを誘拐したヤツらとグルであろう。

悪意を感じぬものだから油断してしまったものの……これは我が輩の失態だ。言い訳のしようがない。

「ハク、大丈夫だよ。ヒナちゃんはきっと見つかるから」

項垂れている我が輩を気遣ってのことなのか、シーラがそう声をかけてくれる。

『……今回のことは我が輩の責任だ。我が輩がもっとちゃんとしていれば、ヒナが攫われることも……』

「あんまり自分を責めちゃダメ。反省してヒナちゃんが戻ってくるならいいけど……そうじゃないでしょ？　今はこれからどうするか考えないと」

『確かにそうだ。すまぬ』

全く――人間に窘《たしな》められるとは、我が輩も変わったものよ。

我が輩――フェンリルは人間から恐れられている存在である。

その希少さがゆえに、我が輩を捕らえようとする者も多い。ペルセ帝国がその典型だ。

だから我が輩は人間のことを決して信じず、一匹狼として生きていくつもりだった。

――そんな我が輩の前に現れた光がヒナだ。

ヒナは怪我をしている我が輩のことを、魔導具で治してくれた。

しかも彼女は我が輩のことを、淀みない眼《まなこ》で見てくれる。

ヒナと一緒にいると、自分がフェンリルだということも忘れてしまいそうになった。

――ヒナのことは我が輩が守る。

そう決意していたのに……このザマだ。

しかしシーラの言う通り、いつまでもそのことを悔やんでいても仕方がない。

こうしている間にもヒナがどうなっているのか分からないのだから。

我が輩は前を向き、アーヴィンたちの言葉に耳を傾けた。

《ライナルト》

「ヒナ……」

僕はヒナのことを脳裏に浮かべながら、彼女がどこにいるのかを考える。

ヒナを攫った連中は、どのような経路を辿って国に連れていくつもりだろうか？

考えてはみるが、王都から帝国に至るまでのルートは複数ある。ひとつに絞りきれない。

「ははは、僕も大したことがないね。やっぱり僕はなんの能力も持たない放蕩王子だよ。女の子ひとりも守ることが出来ないなんて」

「殿下、なにをおっしゃいますか。今はあなたのお力が重要です。いつもみたいに、敵の思惑を掻《か》い潜《くぐ》ってみせてくださいよ」

アーヴィンの言葉も、今の僕には厳しく聞こえた。

兄上たちの力を借りるか？

いや、ヒナの存在は今まで隠してきた。今更ヒナのことを打ち明けても、彼女が優れた魔導具師である事実を信じてもらえる可能性が低い。

仮に信じてもらえたとしても、ヤツらはなんとしてでもヒナを自分の膝下に置こうとするに違いない。

無意味に足の引っ張り合いをして、結果的にヒナをペルセ帝国に渡してしまうかもしれなかった。

「今まで僕は甘かったかもしれない」

独り言を口にする。

ヒナの存在は秘匿するつもりだった。兄上たちの無駄な権力闘争に、彼女を巻き込みたくなかったからだ。

しかし今回はそれが裏目に出てしまった。

ヒナを丁重に王宮で保護していれば、こんなことにはならなかったからだ。

「いや……果たしてそれだけか？」

「どういう意味ですか？」

アーヴィンの問いに、僕は答えない。

——僕はヒナという優秀な魔導具師を抱えているということで、兄上たちに対して優越感を抱いていたのかもしれない。

満足に外出も出来ない僕のために、ヒナは変装ハットを作ってくれた。

僕はその魔導具のおかげで、今までより自分らしく生きられるようになった。

そんな素晴らしい魔導具を作ってくれるヒナという人材――それをひとつの駒として見ていただけじゃないのか？

「……いや、違う」

だが、僕は首を横に振る。

そうじゃない。

僕はヒナという少女の人格に惚れ込んだのだ。

ヒナは僕が王子と知ってからも、変に媚びへつらうような真似をしなかった。

彼女は僕をひとりの人間として見てくれているようだった。


――またヒナと他愛もないことで喋りたい。


きっと彼女はいつも通り僕のことを一友人と見て、気軽に接してくれるんだろうから。

ゆえに。

「ヒナは……必ず助け出す」

僕は言葉に強い決意を込めて、そう呟いた。

《クラース》

――人間は信じることが出来なかった。


僕は少しだけだけれど、人の気持ちを読むことが出来る。

僕が力を貸した時、彼らの心情が雪崩れ込んできた当時のことを思い出す。


『へっへっへ。大精霊の力があれば大金持ちだぜ』

『ほーんと、大精霊もバカだよな。ちょっと良い顔をしてお願いをしたら、力を使ってくれるんだから』


それは僕の力を知ったなら、当然の考えだったかもしれない。

しかしそれは聞くのが耐えられないくらい、あまりにも醜《みにく》かった。

そんな人間たちに嫌気がさした僕は森の中に引きこもり、ただ時が流れるのを待っていた。

そうして何十年……いや、何百年が経っただろう。

ヒナが光となって、僕の前に現れた。

——こんな人間もいるんだ。

ヒナの周りにいるアーヴィンやシーラ、ライナルトといった人物も、僕が今まで見てきた人間とは違っていた。

もしかしたら人間も捨てたもんじゃないかも？

そう思った僕はヒナに勧められるがままに、この街でお店を開くことになった。

最初は慣れないことで戸惑ったけれど、すぐに人の温かみに触れた。

いただきます亭に来てくれるお客さんは、僕のことを大精霊だと知らない。

しかし『いただきます！』『ごちそうさまでした！』と笑顔で言う彼らの姿を見ていると、こうも思うようになっていたのだ。

——僕が大精霊だということが分かっても、この人たちは態度を変えないんじゃないか？

……って。

そんなことを思うのは、今までの僕だったら考えられなかった。

だけどこんなことも考えられるようになったのは、全てヒナのおかげだ。彼女がいなければ、いただきます亭を開くこともなかったのだから。

「ヒナちゃん……元気にしてるかな。乱暴なこと、されていないかな？」

ヒナの友達——アイリという少女が肩幅を小さくして震えている。

「大丈夫ですよ」

僕はそんな彼女の頭を優しく撫でてあげた。

「ヒナは強い子です。悪い人なんかには絶対に負けませんから」

「そう……かな？　だったらいい——」

その時であった。

アイリが自分の頭を押さえて、地面に蹲ったのだ。

「ど、どうしたんですか⁉」

撫でる力が強かった……？　いや、そんなことはないはずなのに……。

僕は慌ててその場でしゃがみ、彼女の身を案じると……、

「……アイリはたまにこうして頭痛がするんだ。医者にも診せたし病気じゃないんだが……なんにせよ、あんたの責任じゃないよ」

とアイリの父親、ライネがそう言ってくれた。

「そうなんですか。では……僕の魔法で頭痛を治しましょう」

「あ、あんた、飲食店の店長じゃなかったのか？　魔法も使えたのか？」

「ええ。少しだけなら」

僕はアイリの頭に手をやって、魔法を発動する。手を中心に温かい色をした光が生まれた。

「……え？」

戸惑う。

僕の力をもってしても、アイリの頭痛を癒せない……？

発動を続けても、アイリの頭痛は一向に治る気配がない。

もしや、僕の魔法が効かないほどの大病を抱えている？

いや、それなら原因くらいは分かるはずだ。

しかしいくら魔法を発動し続けても、アイリの頭痛の正体は分かりそうになかった。

「……クラースさん、ありがと。もう治ったから……」

そうこうしているうちに、アイリの頭痛が治ったらしい。彼女は額に少し脂汗を浮かべながらも、ゆっくりと立ち上がった。

「さすがクラースだな」

『頼りになる』

アーヴィンとハクが称賛してくれる。

しかし僕の力でアイリの頭痛が治ったわけではない。ただ時間経過で痛みが治っただけだ。

とはいえ、不用意にその事実を伝えたとしても余計に心配させてしまうだけかもしれない。

原因が特定出来るまで、今は黙っておこう。

僕は自分の手の平を見ながら、そう考えた。

# ◆救出大作戦◆

夜。

私たちの乗った馬車は、とある廃村で止まった。

「おい！　降りやがれ！」

乱暴な男に無理矢理降ろされ、私は久しぶりに地面に足を着ける。

危なかった。もう少し馬車に乗っていたら、お尻が爆発していたかもしれない。

お尻を摩《さす》りながら、彼《おしり》が無事なことに安堵した。

「お前もさっさと歩きやがれ。もしかしてお手柄だったから、ちょっとは対応が良くなると期待していたか？」

「くっ……」

意外だったのは――コリンも乱暴男にお尻を蹴られていたことだ。

あれ？　仲間じゃなかったの？

そう疑問に思っていたが、私たちはこれまたボロい廃屋の一部屋に押し込まれた。

何故かコリンも一緒だ。

私はともかく……どうしてコリンも同じような対応をされているんだろう？　謎が深まる。

「朝までここで待機だ。変なことは考えるんじゃねえぞ」

そう言って、乱暴にドアを閉められる。

最初から最後まで乱暴だったね。私の彼への評価は、一瞬で最底辺まで落ちた。

「うーん、べっどがかたい……」

置かれていたベッドを指で押して確認。

「まあ、べっどがあるだけ、ましかな」

「お前、この期に及んでベッドの心配なんかしてるのかよ。というか寝るつもりか？」

コリンが呆れたように口にした。

「うん？　もちろん。だってねないと、ねむいじゃん」

「……そっか」

それ以上、コリンはなにも言わなかった。

その後――私は小鳥のキュロと一頻り遊んでから、ベッドで横になって目を瞑ったのだった。


――話が違うじゃないか！

……部屋の外が騒がしい。

せっかくぐっすり寝ていたのに、私はそんな声で目が覚めてしまった。

「ん～、どうしたのかな」

うるさくて、これじゃあ二度寝することも出来ない。

「あれ？　コリンもいない」

隣のベッドで寝ていたはずのコリンの姿が消えていた。

よくよく考えると、先ほど聞こえてきた声はコリンのものだった気がする。外でなにか言い争いをしているのだろうか……。

さすがに気になって、私が上半身を起こすと、

「く――っ！」

ドアが乱暴に開けられ、外からコリンが吹っ飛んできた。

え――なに？

突然のことで頭が追いつかない。

キュロも部屋の外からコリンを追いかけてきて、彼の身を案じている様子。

コリンが地面で尻餅をついていると、外から例の乱暴男が大股で部屋に入ってくる。

「何度も言う。お前ごときがオレたちと同じと思うんじゃねえ。これに懲りたら、もうオレら

に逆らうんじゃないんだな」

「な、なにを言う⁉　逆らうどころか、今まで従ってきたじゃないか！　今更、約束を反故にするなんて酷すぎ――」

「うるせえ！」

乱暴男が拳を振り上げて、コリンに殴りかかろうとする。

「あぶない！」

私は反射的に立ち上がって、乱暴男の前に立ち塞がった。

「おおぅ？　なんだ、お前。もしかしてそいつを守る気でいるのか？」

私を鼻で笑う乱暴男。

「ぼうりょく……めっ！」

「ははは、なにを言ってやがる。元はといえば、そいつのせいでお前はこんな目に遭ってるんだぜ？　お前とフェンリルを眠らせたのは、そいつの術のせいだ」

「それでも……めっ！」

私は乱暴男を指差して言う。

「わたし……あなた、きらい！　でもコリンはすき！　コリンにらんぼうするなら……ゆるさないんだからねっ！」

「て、てめえ……」

乱暴男が怒りで顔を歪ませる。

「黙って聞いてりゃいい気になりやがって。まとめてやっち――」

彼は振り上げた拳を広げる。そこを中心として魔力が奔流した。もしかして……魔法を使う気⁉

咄嗟に目を瞑ってしまうが……。

「おい！　……そいつを傷つけたら、色々と都合が悪いんじゃないか？」

後ろからコリンの声。

そのおかげなのか、彼の魔法が炸裂する寸前で停止する。

「国に戻った時、そいつがボコボコだったらなんて説明するつもりだ？　あまり無駄なことをやってたら、あの男を怒らせるかもしれないぞ。それでもいいのか？」

「……ちっ」

コリンの言葉に渋々納得したのか――乱暴男が舌打ちをして手を引っ込める。

「今回のところはこれで勘弁してやる。しかし次に逆らおうとしたら……どうなるか分かっているよな？　お前のお袋がどうなっても知らねえぞ」

そう言い残し、彼は再び乱暴に扉を閉めて部屋から出ていった。

悪者っぽいセリフのオンパレードだった。

彼の評価は最底だと思っていたけれど、さらに下方修正して地面の下に埋めておこう。

だけど……今はそんなことより。

私はすぐに振り返って、コリンを確認する。

「コリン！」

わあ……さっきは急すぎて気付かなかったけれど、体のいたるところに打撲のような痣が出来ている。

殴られたのは先ほどの一発だけじゃなさそうだ。きっと私が目を覚ます前から、乱暴されていたんだろう。

しかもけっこう前から出来ているような青タンまで。

これは日常的に暴力を振るわれていそう。

ますますコリンのことが気になった。

「こんなの大した傷じゃない。一晩寝れば治るから心配するな」

『なにを言うのよ、コリン！　いつもより傷が酷いわ。骨が折れているかも……』

コリンは強がっているが、キュロは彼を心から心配している。

でもちょっと動くだけでも、コリンは苦痛で顔を歪めていた。相当痛そうだ。

もう見てられない！

「すぐに、なおしてあげるからねっ！」

私は首からぶら下げていたネックレス——癒しのペンダントをコリンにかざす。

「そ、それは……もしかして魔導具？」

ペンダントから発せられる光に、コリンが目を見開く。

翻訳機のこともそうだけれど……彼らも詰めが甘い。私が首からかけているものがただのネックレスだと思っていたみたいだ。

だけど――そのおかげでコリンをこうやって治すことが出来る。

「……はい！　なおったよ。もう、いたくないでしょ？」

私がコリンに言うと、彼は不思議そうに自分の体を眺めた。

「痛く――ない。しかも傷の跡まで消えている……だと？　なんてことだ。そんな一瞬で傷を癒す魔導具なんて存在するのか？」

「えっへん」

胸を張る。

死にかけていたアーヴィンの傷――それにハクの体を蝕《むしば》んでいた毒も癒したんだし、これくらいならお安いご用なのだ。

『ありがとう……！　私が言うのもなんだけれど、あなたには本当に感謝してもしきれないくらいだわ！』

キュロも私の周りを飛び回って感謝してくれる。

やだな～、そんなに感謝してくれなくてもいいのに。なんだか照れちゃうよね。

私がむず痒い気持ちになっていると、

「……どうして助けた」

と――コリンは低い声で不思議なことを言い出した。

「どうして？」

「俺はお前の敵なんだぞ？　俺がいなかったら、あのフェンリルが邪魔をしてお前はこんなことにならなかった」

「………」

「なのにどうして俺を助ける？　俺のことが憎くないのか？　馬車の中だってそうだ。俺なんか、お前にとったらどうなってもいい存在なんだろう？　どうして俺を怖がら――」

コリンはまだなにか言いたそうだったが、私は彼の口元に指をぴたっと付ける。

「めっ」

静かな声でそう告げる。

するとコリンは何故だか、頬を赤らめて口を閉じた。

「あなたは、わたしのてきじゃない。だからそんなこといっちゃ……めっなの」

「な、なにを言う。現に俺は……」

「てきじゃない」

と繰り返す。

あの乱暴男は確かに敵だ。コリンをこんな酷い目に遭わせた。

でもコリンは私が攫われる時、他の人たちがハクを殺そうとしたのにそれを止めてくれた。

今だってそうだ。

私が殴られようとしたら、コリンがそれを窘めてくれた。

それは合理的な判断であって、私の身を案じたものじゃないかもしれない。

でも――。

「わたしは、あなたにきずついてほしくない。だから、なおした。それいじょうの、いみなんてないよ。わたしは、あなたがきずついているすがたをみるのは……やだ」

自分でも思うくらい、たどたどしい言葉で真情をぶつけた。

コリンはきょとん顔。

やがて。


「は、はは……はーはっはっは！」


と高い笑い声を上げたのだった。

外から「うるせえ！」と声と一緒に扉を蹴られたけれど、もう知ったことですか。

私はコリンと大事な話をしてるんですー。

「お前は変なヤツだな。自分を誘拐した相手に言うことが『傷ついている姿を見たくない』……か。まさかそんなことを言われると思っていなかったよ」

「へんかな?」

「ああ、変だよ。あの宮廷にいたのに、まだそんな真っ直ぐな心を持っているなんて驚きだ」

彼は心底おかしそうに、腹を抱えて笑っていた。

「きゅうてい……やっぱり、わたしをさらったのは、ていこくなんだね」

「おい、ちょっと声を潜めろ。俺はお前を気に入った。今から大事な話をする」

そう言って、コリンはさらに私との距離を詰めた。

『ちょっと、コリン。言って大丈夫なの? もしバレたら、あなたのお母さんが――』

「構わない。それにあいつらを頼るより、こいつに賭けてみた方が確実だと思ったからな。ダメか?」

『……いえ、賢明な判断だと思うわ』

翻訳機を通して、コリンとキュロがそう会話を続ける。

色々と気になる単語が飛び出したけれど、私にはなんのことかさっぱり分からない。

混乱している私に対して、コリンは声を小さくしてこう続けた。

「お前の事情は大体聞いている。元々ペルセ帝国に攫われてきた子どもで、宮廷魔導士見習いとして育てられていたと。そして役立たずだという烙印を押されて、宮廷を追放されたということも」

「う、うん」

「俺はお前がいなくなってから、宮廷に連れてこられた。その理由は――俺が希少な闇魔法の使い手だったからだ」

闇魔法――。

宮廷でスパルタ教育を受けていた時、聞いたことがある。

人の心に入り込むことが出来る魔法。極めれば他人を自由自在に操ることも出来るのだとか。

しかも闇魔法に耐性を持っている生物は少ない。ハクがやられてしまったのも納得だね。

「ここまで説明したら、大体分かるか？　フェンリルとお前を引き離すため、俺に今回出番が回ってきたわけだ」

「そうだったんだね」

そこまで聞いても、私はコリンに恨みの感情が一切湧いてこない。

そんなことより、コリンみたいな優しい男の子を利用するなんて……とペルセ帝国に対して、怒りの感情が生まれた。

「でも、やみまほうをつかえるんだったら、あのひとたちにさからえるんじゃや？　どうしてさっきは、だまってなぐられてたの？」

「ヤツらは俺が反抗する可能性も考えて、闇魔法を防ぐ魔導具を着けてやがるからな。まあそれも未完成品らしいが──俺の闇魔法も完璧じゃない。ひとりやふたりならともかく、何人も相手に立ち回るのは不可能だ」

とコリンは肩をすくめた。

分かっていたけれど、やっぱりあの乱暴男の他に何人か同じような連中がいるみたいだね……。

「それでも……はんこうしようとは、かんがえなかったの？　それに、さっきのおとこがいってた、おふくろって……」

「…………」

辛そうにコリンは俯く。

『そこから先は私が説明するわ』

なので彼に代わって、キュロが話を続けてくれることになった。

『コリンのお母さんは病気なの。しかも不治の病と呼ばれるものでね……』

話はこうだ。

コリンのお母さんは、国中の医者が匙を投げ出してしまうほどの難病。このままでは先も長くない。

しかし唯一治す手段がある──それがエリクサーを使うことだ。

エリクサーは神具のひとつに数えられるもので、それがあればどんな傷や病気も治すことが出来るといわれる。

　でもそんなものがポンポンあっていいわけがない。

　私も噂で聞いたことがあるだけで、実物は見たことはないけれど……。

『でもヤツらがエリクサーを所持しているのよ。それがあればコリンのお母さんを治すことが出来る』

「なんと！」

『この子が攫われる時も、そのエリクサーを餌に連れてこられたわ。そして今回の任務が終わったら、エリクサーを貰える約束だったんだけど……』

「それをあいつらは反故にしやがった！　とんでもない連中だ！」

　コリンは拳を床に叩きつけようとする。

　だけど大きな音を立ててしまったら、外の乱暴男に気付かれるかもしれないので……寸前で我慢して、拳を引っ込めた。

「ひどい……コリンのおかあさんを、ひとじちにとるなんて……」

　約束をなしにしてしまうのは、もっと酷かった。だけどあの人たちなら、それくらい平気でやるだろうなって妙に納得してしまう。

　しかし。

「あんしんして。そのエリクサーは、わたしがとってきてあげるから！」

トン・トンと胸を叩く。

「もしそれがだめでも、わたしにはこのぺんだんとがある。ぜったいに、コリンのおかあさんを、たすけてあげるから」

「今までの俺だったら、なにをそんな無茶な話を……って言っていたところだったが、今はそうじゃない。なんかお前を見てたら、なんでも出来そうな気がしてきたよ」

コリンがニヤリと笑みを浮かべる。

「エリクサーは今、あいつらが持っている。この任務が終わったら、すぐに渡してもらえるようにな。しかし……どうする？　ヤツらから無理矢理奪うにしても、俺たちだけじゃ勝てない。それとも他になにか便利な魔導具があるのか？」

「うーん……」

辺りを見渡す。

今、私が持っている魔導具は癒しのペンダントと翻訳機。これだけじゃ、あの乱暴男ひとりにすら勝てない。

となると新しく魔導具を作る必要があるんだけれど……ヤツらもそれを警戒しているのか、この部屋にはほとんど物が置かれていなかった。

「これだけじゃ……べんりなまどうぐが、つくれない」

「そうか」

肩を落とすコリン。

「でも……あーびんたちがきてくれたら、あんなひとたち、すぐにこてんぱんにしてくれる」

「アーヴィン――王都にいる、お前の仲間か？」

頷く。

「しかし……どうやってそいつらをここまで呼ぶ？　言っておくが、ここは地図にすら載っていない存在を消された廃村だ。そいつらが俺たちの居場所に気付けるとは到底思えないが……」

『任せて。私が呼んできてあげる』

私が提案するよりも早く、キュロはそう言ってくれた。

『ここから王都までの場所は覚えているわ。そのアーヴィン？　という人がいる場所を教えてくれるなら、私がそこまで行ってくる』

「たすかりましゅ」

こういう時、空を自由に飛べる鳥さんってすごいよね。

人間だけだったら絶対に出来ないことも実現可能にしてくれる。

「あーびんたちは……」

おそらく――まだ魔導具ショップにいると思う。

アーヴィンたちなら私がいないことに既に気付いて、ライナルトやハクたちと作戦会議を開いてくれているはずだ。

でも場所が分からないから、無闇に動けない――と。

なにも分からないのに動くほど、彼らは軽率じゃない。今までのアーヴィンたちの姿を見てきて、それを私は分かっていた。

「もしくは……おうきゅうかな？　ばしょは――」

覚えられるかな？　ってちょっと心配になったけれど、それは無用だった。

『……うん、覚えたわ。これ以上あまり喋っている時間もないしね。すぐに呼んでくるわ』

「おねがいしましゅ。あ、あと……もしあーびんたちが、キュロのことをうたがうなら……」

翻訳機をキュロの首元に付けてあげて、私はその言葉を伝える。

するとキュロは頷いて、窓から飛び立ち夜空に消えていった。

朝になって、私たちがここを出発する前にアーヴィンたちが来てくれるといいんだけれど……。

でもキュロの言っていることだ。

王都からここまで、そんなに距離が離れていないと思いたい。

「あとは……神に祈るだけだな」

コリンは壁に体を預け、床に座った。

「こわい？」

「俺がか？　どうして――」

と彼は言葉を続けようとしたが、そこで自分の手が震えていたことに気付いた。

「はっ。覚悟したつもりなのに、俺もまだまだだな。もしこれが失敗したらどうする？　なんてことを考えてしまっていた」

コリンはそう言っているが、彼の不安はもっともなことだ。

もしこれが失敗すれば、私たちはどうなるか分からない。

ペルセ帝国のことだから、きっと永久にエリクサーも渡してくれないんだろう。

自分だけが死ぬなら、まだ覚悟出来るかもしれないが――コリンはお母さんの命も背負っているのだ。

彼の恐怖は計り知れないものに違いない。

「だいじょぶ」

だから私はコリンの手に自分の手を重ねた。

「きっと、せいこうするよ。わたしをしんじて」

「ふっ、そうか。なあ――もしこれが失敗して、俺が殺されることがあってもお袋だけは――」

「そんなこといっちゃ、めっ。おかあさんもだけど、コリンもたすける。みんなで、はっぴーえんどだよ」

「……お前を見てたら、本当にそうなる気がしてくるよ」

そうして会話を重ねていると、気付けば彼の手の震えは収まっていた。

《アーヴィン》

俺たちはヒナの居場所について、なにも分からないまま夜明けを迎えようとしていた。

一晩寝ずに、ライナルトたちと議論を重ねてきたが……なにも分からずじまい。

もどかしい気持ちでいっぱいで、眠気など感じなかった。

「取りあえず、もうこれ以上ここにいても仕方がない。虱潰《しらみつぶ》しで捜すしか……」

そう言葉を続けようとした時であった。


コンコンッ！


窓を叩く音。

俺たちがそちらの方に顔を向けると――一羽の小鳥が口ばしで窓を叩いていたのだ。

『あれは……飼い主を捜していた鳥か⁉ アーヴィン、あやつがヒナが攫われた時にいた鳥だ！』

「なんだと?」

しかし……どうしてこんなところに?

俺たちの推測なら、ヒナが一緒になって飼い主を捜してあげていた小鳥も誘拐犯共のグルだ。

小鳥がなにをしたいのか分からず、戸惑っていると、

「入りたがっている。とにかく入れてあげよう。なにか手がかりが掴めるかもしれない」

とライナルトが口にした。

俺たちはお互いに顔を見合わせて頷き、窓を開けてやる。

すると小鳥はものすごい勢いで中に入ってきて、こう叫んだのだ。

『ヒナのいる場所を教えるわ！　早く付いてきて！』

どうして喋れる——と一瞬思うが、首に翻訳機が付いている。

ハクが身につけているものより小型のものだ。確かこれは、アイリのハムスターに渡すためにヒナが作ったものであったが……。

「ヒナのいる場所を？　どうしてそれをお前が教えてくれるんだ」

今はそのことを気にしている場合ではない。

俺が問うと、小鳥は慌てた様子で続ける。

『理由をちゃんと説明している時間はないわ。早くしないと、ヒナたちが別の場所に行ってしまうかもしれない！　だから早く……！』

「……ライナルト様、どう思われますか？」

俺がライナルトを見やると、彼も悩ましげな表情を作っていた。

小鳥は連中とグルだ。居場所を知っていてもおかしくない。

しかしそれを俺たちに教えるのは変だ。俺たちを全然違う場所に誘導しようとしても、おかしくなかった。というかそう考える方が自然だ。

なんらかの罠である可能性が高い。

ゆえにライナルト――他のみんなも判断が出来ず、口を閉じるしかなかった。

『もう……！　こんなことをしている暇はないのに！』

もどかしさを感じているのか、小鳥がそう口にする。

『あっ、そういえば……アーヴィンって人はどなたかしら』

「なんだ？」

『あなたにヒナから伝言を承っているわ』

ヒナから？

俺がさらに混乱していると、小鳥はこう告げた。


『おーるらいと』


「――っ！」

その言葉で体の中からなにかが迫《せ》り上がってきた。

それは俺とヒナだけが知っている秘密の合言葉だった。

もし惑わされることがあっても、お互いが信頼し合えるように……と。

俺か『問題ない』という意味だったはずだ。

それは今の俺にはまるで、目の前にヒナがいて言ってくれているようで、合言葉以上の意味を感じていた。

「アーヴィン？　それはどういうことですか？」

クラースが首をひねる。

他のみんなも分かっておらず、同様の反応だ。

「……これは俺とヒナだけが知っている合言葉だ。これをこいつが知っているということは、ヒナ自身がＳＯＳのサインを出している可能性が高い」

なんでそんな合言葉を決めていたのか――とシーラ以外のみんなは疑問に思うかもしれないが、今はそれを問い質している暇はないはずだ。

「……まあなんにせよ、手がかりはないからね。アーヴィンもそう言っているし、今はこの小鳥を信じてみようか」

ライナルトが息を吐く。

『だな。ここにいても仕方がない』

「こうしている間にも、ヒナがどんな目に遭わされているのか分からないですしね」

「オ、オレも行くぜ！　ちょっとは力になれるはずだ」

続けてハク、クラース、ライネの順番でそう口にした。

「……よし、行こう。あまり大人数で行っても気付かれるかもしれないから、このメンバーだけだ。シーラとアイリには申し訳ないが、留守番を頼みたい」

俺がシーラとアイリに視線を移すと、彼女たちは頷いた。

「それでいいですよね、ライナルト様」

「うん、もちろんだよ。急がなくちゃいけないね。ハク、僕とライネを背中に乗せて走ってくれるかな？」

『承知した』

俺は本気で走ればハクと同じくらいの速度で走れるし、クラースは大精霊だ。ハクに乗る必要はない。

「だが、これだけの人数で大丈夫か？　相手はペルセ帝国の宮廷魔導士なのかもしれないんだろう？」

ライネが不安を吐露する。

俺にフェンリルのハク、大精霊のクラースがいれば十分勝てるとは思うが……ライネの言っていることも分かる。

保険は必要だな。

「だったらヒナが作った魔導具を借りて――」

俺の考えを短く説明すると、ライネも納得してくれた。

店頭に出していた商品のいくつかを手に取り、マジックバッグに入れて準備完了だ。

「よし……行くぞ！」

号令をかけて、俺たちは小鳥の後を追いかけるように走り出した――。

《乱暴男ことオーバン》

「あいつら、やっとおとなしくなったな」

オレ――オーバンはヒナたちの部屋前の見張りを他の男と交代し、休憩部屋に戻ってきた。

「ほんっとに面倒臭い任務だぜ」

「全くだ。たかが幼女ひとりを誘拐するのに、宮廷魔導士がこんなに必要なのか？」

休憩部屋では何人かの男共――宮廷魔導士が各々酒を飲み、今回の任務についての悪態を吐いていた。

「おい、あんま油断するんじゃねえぞ。ギヨームはそれに失敗して左遷されたんだ。足をすくわれかねん」

オレもどっしりと椅子に座り、酒が入ったコップを手に取った。

「はっはっは！　あのギヨームが油断していただけだろ？」

「そうだそうだ。ヤツはそういうところがあるからな」

「そもそもあいつは気に入らなかったんだ。左遷になってせいせいしたよ」

みんながギヨームの悪口を肴に、酒を飲んでいく。

しかしみんなが言うのはもっともなことだ。

オレたち、宮廷魔導士はペルセ帝国でも最強の戦力だ。ひとりだけでも百人の兵と同等の力を持つといわれる。

それが今は十人近くいる。なにか不測の事態が起こっても十分対処出来るだろう。

ゆえに任務の最中とはいえ、こうして酒を飲んで暇を潰しているのであった。

「それにしても本当にあいつ……ヒナの作る魔導具は、そんなにすごいものなのか？」

「さあな。まあオレもエルチェ様が大袈裟に言っているだけだと思う」

「たかが幼女ひとりが、神具にも匹敵する魔導具を作れるものだとは思えねえよ。エルチェ様も焼きが回ったんじゃないか」

ひとりの男が言ったことに、一同は笑う。

全く……任務のためとはいえ、オレたちがこんなに寂れた村で一夜を明かすなんて、本来なら有り得ないことなのだ。

さっさと帝都に戻って、夜の街に繰り出したいところだ。

アルコールも頭に回ってきて、良い気分になった——その時だった。

「ん？」

気付く。

「なんだ、このネズミは……」

蒸し暑かったので、部屋の扉は開けてある。他に誰も泊まっていない廃屋なので、それで十分だと思ったからだ。

廊下から一匹のネズミ（？）らしき生物が地面を這って、オレたちの足元まで近寄った。

「ネズミにしては大きくないか？」

「じゃあネズミじゃなかったら、なんなんだよ」

一同は首をかしげる。

ネズミを捕まえようと腕を伸ばすと、それはオレを嘲笑うかのように離れていった。

「こんのっ！」

みんなでネズミを捕まえようと躍起になる。

しかし捕まえられない――ネズミはオレたちをバカにするように、部屋の中をグルグルと回り出したのだ。

「調子に乗るんじゃねえっ！」

その動きがとてもオレたちをイラつかせるものだったので、気付けば怒声を上げていた。

ネズミは一頻りオレたちの周りを走った後、そのまま部屋の外まで逃げていった。

「おい、捕まえろ！　せっかくの酒の席が台無しだ！」

命令すると、最近宮廷魔導士になったばかりの下っ端がネズミを追いかけて廊下に出る。

全く……ただでさえ面倒臭い任務で気が立っているんだ。それなのに変なネズミの相手をしているとは……。

下っ端の男が外に出て、それはすぐのことであった。


「ギャーーーーーーー！」


男の悲鳴。

「な、なんだ!?」

ただならぬ雰囲気を感じ取り、オレたちはすぐに臨戦態勢を取る。

しかし酒も入っているためか、足元が覚束ない。中には転びそうになっている男もいた。

「どうした。なにが起こって……」

それでも部屋の外に出ると……。

『我が輩たちのお姫様を攫った罰だ。存分に受けてもらおう』

――目の前には白い毛並みをした一匹の狼がいたのだ。

狼の前には先ほどの男が床で倒れている。

いや、これは――。

「フェ、フェンリル⁉」

狼ではなく――ヒナを攫った際、一緒にいたフェンリルだった。

どうしてここに⁉

と思わないでもなかったが、今はそれを追及している場合じゃない。

「ぶっ殺してやる！」

なんにせよ、オレたちの敵であることに間違いないからな。

オレは手を伸ばし、魔法をぶっ放そうとすると……。

「うおっ！」

背後から声。

振り返ると、仲間のひとりが倒れていくところだった。

「あなたたちにヒナは渡せません」

「ふんっ。宮廷魔導士っていっても、口ほどにもねえな」

さらにその背後には全身白の服に身を包んだ優男――そして冒険者風情の男、ふたりが立っていた。

どうやら仲間のひとりはこいつらにやられたらしい。

「くっ！　背後を取られたか！」

挟み撃ちだ！

わざわざ自分たちのテリトリー……部屋から出てしまったのが裏目に出たか。

「ヒナの作ったお掃除ネズミ？ってのはすごいな。こいつらがまんまと部屋から出てきたぜ」

「ええ。私のお店も彼らのおかげでいつもピカピカです」

お掃除ネズミ……？

もしや先ほどのネズミもこいつらの差し金ということか!?

だが、掃除ってのはどういうことだ？　意味が分からなかった。

それでも――オレたちは体勢を立て直して、フェンリルと謎の男に対抗しようとする。

しかし先攻を相手に渡してしまい、さらに頭に酒が回っているオレらでは、とてもじゃないがまともに戦うことが出来なかった。

「くそっ……！　てめえらは一体なんなんだ!?」

なにがなんだか分からないが、早くこいつらを始末しなければ――。

しかしこの時のオレは戦いに夢中で気付いていなかった。

ヒナたちを捕らえている部屋に、意識が向いていないことを——。

・・・・・・

外が騒がしくなってきた。

「外で誰かが戦っているみたいだな」

コリンが扉に耳を当て、そう口にする。

「あーびんたち、きてくれたのかな?」

「分からねえ。そうだったらいいんだが……」

コリンが扉から一旦離れ、肩をすくめた。

すぐに部屋の外に出て確認したいけれど、見張りがいる。不用意に出ていくのは危険だった。

だから私たちはもやもやした気持ちのまま、部屋の中でしばらく待っていたんだけれど……。

「な、なんだお前らは——ぐはっ!」

突然、男の悲鳴と倒れる音。一瞬体がびくっとなってしまう。

そして間髪入れずに扉が開いて——。

「ヒナ!」

とアーヴィンが現れたのだ。

「あーびん！」

私はそんな彼の姿を見ると嬉しくなって、彼の胸に飛び込んだ。

「無事か？」

「うんっ！　めいわくかけて、ごめんね！　こんどから、もっときをつけるから！」

「なにを言う。お前が無事ならそれでいいんだ」

とアーヴィンが私の体を優しく抱きしめてくれた。

アーヴィンと離れてから、一日も経っていないだろう。

だけどこうして彼の胸に顔を埋めていると色々な感情が湧き上がってきて、泣きそうになった。

懐かしい匂い……なんだか安心するや。

「間に合ってよかった」

『そうね！』

顔を上げると、後ろからライナルトとキュロも顔を出した。

ライナルトも来てくれたんだ……それにキュロも無事にみんなを連れてくることに成功したみたい。

「その少年はなんだ？」

アーヴィンが私の頭を撫でながら、少年――コリンに視線を移す。

「そのこはね、やみまほうをつかえて……」

「な、なんだと⁉　じゃあそいつがヒナを攫ったのか！」

アーヴィンが私の体を離す。

そして剣を抜いて、コリンに殺気を飛ばした。

「あっ、ちがう――」

「そうだ」

私が止めようとするよりも早く、コリンが先に口を開いた。それによりアーヴィンから放たれる殺気が濃くなった。

一瞬、私でもビビってしまうくらいの迫力。

キュロもアーヴィンを止めようとするが、彼はそれを意に介していないよう。

「俺が闇魔法でヒナとハクを眠らせたんだ。つまりお前たちにとって、俺は敵ということだな」

「……覚悟は出来ているんだな？」

「ああ」

アーヴィンが一歩ずつコリンに歩み寄る。

しかしコリンは逃げようとすらしない。

それどころか、どこかすっきりした顔つきになっていて、殺されるのを待っているようだった。

「……ヒナ。お袋のことは任せたぜ」

ぼそっと、コリンは私の方を向いて呟いた。

アーヴィンがそのまま剣を振り上げ、一閃――。


「めーーーーーーっ！」


――だけどそれを私が許すはずがない！

私はすぐさま体を動かし、アーヴィンとコリンの間に割って入った。

「ヒ、ヒナ？　どういうつもりだ？」

さすがのアーヴィンの動きも止まり、私に不可解そうな瞳を向ける。

「コリンは、いいこなの！　だって、わたしをたすけてくれたんだからっ！」

「なにを言う！　そいつのせいで、ヒナがこんな危険な目に遭ったんだろう？　どうしてそいつを庇《かば》うんだ！」

「そうだ！　俺が全部悪い！　このままなんのお咎めもなしだなんて、思っていな――」

「とにかく、めっなの！　コリンになんかしたら、いっしょうあーびんのこと、ゆるさないんだからねっ！」

私が言うと、アーヴィンはさらに動揺した。

「ヒ、ヒナにそんな目を向けられたら、俺は……」

日が泳いでいる。

もしかして私の迫力に圧《お》されたのかな？　私もなかなかやるもんだね！

「……取りあえず、その少年の待遇については一旦保留にしてはどうかな。話も聞きたいし」

そうこうしているうちに、ライナルトがそう声を発した。

「し、しかし……」

「このままじゃヒナに嫌われちゃうよ？　アーヴィンはそれでもいいのかな」

「……よくないです」

ライナルトに説得されて、ようやくアーヴィンは剣をおさめる。

よかったあ……コリンが斬られなくって。

「余計なことを……」

だが、コリンは何故か不満顔だった。

「そんなこと、いわない。もし、あなたがしんだら、おかあさんもかなしむよ？」

「……お前には頭が上がらないよ」

とコリンは溜め息を吐いた。

「ハクは？」

「ああ、それだったらクラースとライネと一緒に他の連中の相手をしてくれている。そいつらが戦っている最中に、俺たちがヒナを救出……という作戦だったんだ」

と落ち着きを取り戻したアーヴィンが口にする。

クラースとライネさんも来てくれているんだ……期待していなかったわけじゃないけれど、あらためて聞くとやっぱり嬉しい。

「ハクとクラース、ライネさんだけでだいじょぶかな?」

「うん、大丈夫さ。なんせヒナの魔導具も使っているんだからね。また後で彼らに話を聞こう」

「わかった」

私の魔導具?

なんか武器になる魔導具なんて作っていたかな……?

そう疑問を感じて、私は首をかしげるのだった。

# ◆聖女◆

私たちはあれから、王都に戻ってきていた。

ちなみに――コリンに乱暴していた乱暴男を含む、他の宮廷魔導士もハクとクラース、ライネさんがちゃんと片付けてくれたみたい。

そいつらを縄で縛って、取りあえず王都まで連れてきた。あのまま放っておいても、なにをされるか分からないからね。

そして一旦、街の詰め所にそいつらを閉じ込めている。

今頃、クラースとライネさんが詰め所で目を光らせてくれているから、そちらも取りあえずは大丈夫だろう。

というような事後処理を終わらせて、私たちはようやく魔導具ショップに戻ってきた。

私とアーヴィン、ハク、ライナルト、シーラさん、そしてアイリちゃんが一堂に会して話し合っていた。

「まあ……あの少年――コリンといったか？――についての事情は分かった」

アーヴィンがそう口にする。

コリンの事情については、ここに来るまでにみんなには説明を終わらせている。

ちなみにコリンとキュロも現在、詰め所で身柄を拘束されている。

私は反対したんだけれど、コリンの強い希望らしい。

でも他の連中と違って、縄でくくられてもいないし、酷い扱いはされていない。それだけは私の希望を通してもらった。

「そうなの。だからコリンは、ゆるしてあげて」

「まあヒナがそう言うならいいんじゃないかな？　その子の身の上についても同情出来るだけの余地はあるし」

「俺はそう思わん。どちらにせよ、ヒナを危険な目に遭わせたのは事実だ。このままなにもなし……というのは他の者にも示しが付かない……でしょう？」

アーヴィンが言うと、ライナルトは肩をすくめた。

やっぱりコリン……なにか罰を与えられちゃったりするのかな？

なんとしてでも、それは阻止したい。

「シーラしゃんとアイリちゃんは、どうおもう？」

「私はヒナちゃんの思う通りにしてあげて欲しい！　だってコリンって子もかわいそうじゃん！」

「アイリも……ヒナちゃんの言う通りでいいと思う」

どうやらシーラさんとアイリちゃんは私と同意見――ってか、私の意見に追従するような形みたい。

「アーヴィンの言っていることも分かる。だけど彼のペット――キュロがいなければヒナを救出出来なかったのも事実だ。それは分かっているよね？」

「で、ですが……」

「まあ裁かれるにしても、なるべく彼の罪は軽くしよう。その辺りは任せて」

とライナルトは私に向けてウィンク。アーヴィンはまだ納得していないみたいだけれど、ライナルトの言うことともあって渋々了承した。

ちょっとした罰だったらいいなあ……お菓子一週間禁止くらいでどうかな？

まあライナルトもああ言っているし、彼を信頼しよう。みんなが納得出来るような形にしてくれるはずだ。

「それで……エリクサーなんだけど、みつかった？」

コリンのお母さんを治せるエリクサーについては、宮廷魔導士の人たちが持っているのだという。

だけど誰が持っているのか分からないまま、ここ王都に戻ってくることになったのだが……。

「そのことなんだけど……」

ライナルトがテーブルの上に、割れた瓶を置く。

「これは？」

「エリクサー――が入っていた瓶だ」

え、えー!?

当たり前だけれど、割れた瓶の中には一滴もエリクサーらしきものが残っていない。

「……残念だけど、戦いの最中にエリクサーが入っていた瓶が割れてしまったらしい。まあまあ激しい戦いみたいだったからね」

『すまぬ……そんなものをヤツらが持っているとは思わなかったのだ』

「そうなんだ……でもハクたちはコリンの事情について、なにも知らなかったのだ。

ハクたちはコリンの事情について、なにも知らなかったのだ。

なにが入っているのか分からない瓶ひとつなんかに気を取られ、怪我をしてしまう方がよっぽどダメだからね。

でも！

「だいじょぶ！　わたしには、このぺんだんとがあるから！」

と癒しのペンダントをかざす。

「これできっと、コリンのおかあさんもげんきになってくれるはず！」

「……そうだな。今までヒナの魔導具は不可能を可能にしてきた。エリクサーなんかなくても、きっとそいつの母親も治せるはずだ」

アーヴィンも太鼓判を押してくれた。

そんなに上手くいくのかな……と思わないでもないが、くよくよして立ち止まっているのも私らしくない。

エリクサーは既に手元にない。もう戻ってこないのだ。

だったら前を向くしかない。たとえ癒しのペンダントで治せなくても、絶対にそれが出来る魔導具を作ってあげるんだから！

「まあ……その辺りのことは、また明日考えよう。明日までにコリンの取り調べも終わらせて、取りあえず仮釈放出来るように掛け合ってみるから」

「おねがいしましゅ！」

私も含め、みんな昨日の夜から働きっぱなしだからね。一段落付いたということで、さすがにアーヴィンたちも眠そうだ。

「今日のところはこれで解散しようか」

「そうですね。ヒナ、シーラ――俺はライナルト様と城に戻る。泊まり込みになるから、今夜は帰ってこられないと思う」

「わかった」

そうしてライナルトとアーヴィンは魔導具ショップから出ていった。

「ふう……やっと、ひといきつけるね」

私はうーんと背伸びをして、体をほぐしていると……。

「……っ！」

突然アイリちゃんが頭を押さえて、その場でしゃがんだのだ。

「アイリちゃん⁉」

私もすぐにアイリちゃんの身を案じ、彼女に話しかける。

「だいじょぶ⁉」

「だ、大丈夫……いつもの頭痛だから。ちょっとしたら治るはずなんだけど、今日はちょっと酷い……あっ！」

苦しみの声を上げるアイリちゃん。相当痛そうだ。

「まってて、すぐになおしちゃうから！」

癒しのペンダントをアイリちゃんにかざす――が、彼女の容態は一向に良くなる気配がない。

どうして⁉

今までこんなことなかったのに！

『魔力が暴走……しているのか？』

ハクも心配そうな面持ちでそう口にする。

「ぼうそう？」

『うむ……アイリを包んでいる魔力が不安定になっている。そのせいで頭痛が引き起こされている……？　しかし前回見た時とまた違うような……』

どうやら似たようなことが前にもあったらしい。

それにしても……魔力って？　アイリちゃんも魔力の持ち主だってことなのかな？　でも今までそんなこと、聞いたことなかったのに……。

混乱していると、やがてアイリちゃんの体から、まるで爆発するように光が漏れた。

「わっ！」

ビックリして声を上げてしまう。

しかしその爆発的な光は一瞬だけで、急速に収束していく。そして光が完全になくなると、アイリちゃんは頭から手を離した。

「う、うん……もう痛くないから大丈夫。ありがとう」

そう言ってはいるものの、アイリちゃんの額には小粒の汗が浮かんでいて、痛みと戦っていたことが見て取れるよう。

『うむ、あれほど不安定だった魔力がすっかり安定を取り戻している？　一体なんだったのだ？　それとも先ほどのは我が輩の見間違いか？』

ハクも不思議そうだった。

「アイリちゃん、まりょくのもちぬしだったんだね」

「え……？　そんなことないと思うけど……」

『――一般的な魔力とも少し違うような気がする。なんというか、不思議な力だった。そう……まるでヒナが魔導具を作る際に発現する魔力のような……』

ハクはぶつぶつと呟いているが、確信にまでは至っていないようだ。

「アイリちゃん、きょうはここにとまって。シーラしゃんもいいよね?」

「う、うん！　もちろんだよ！」

頷くシーラさん。

もう頭痛は治ったとはいえ、またいつさっきのようなことが起こるのか分からない。

ライネさんは詰め所で泊まり込みなんだし……そうなると彼女をひとりにさせてしまうことになる。

そんなこと、私が許しませんっ！

「ありがと、ヒナちゃん」

とアイリちゃんは微笑みを浮かべた。

――起きて。

夜。

アイリちゃんと同じベッドで寝ていたら、誰かの声が聞こえた。

「う……ん……シーラしゃん……？」

瞼を擦りながら目を開ける。

するとそこにはアイリちゃんが腰に手を当てて、私を覗き込んでいたのだ。

「あれ、アイリちゃん？　めがさめたの？」

トイレかな？

でも……いつものアイリちゃんとは雰囲気が違うような？

そう疑問に思っていると、アイリちゃんは口を開く。

「やっと起きたわね。ほんとに……あまりに気持ちよさそうに寝ていたから、起こすのを躊躇したじゃない」

「え、え？」

しかもいつものアイリちゃんと口調が全然違う。

「あれ、シーラしゃんとハクがおきない……」

いつもなら、私がひとりでトイレに行こうとしたら、同部屋のシーラさんとハクも目を覚ます。

なんでもひとりでトイレに行かせるのは心配らしい。

もうっ！　どんだけ過保護なの!?

――っていうくらいのふたりだけれど、今は私とアイリちゃんが声を出しても一向に目を覚ます気配がなかった。

「安心して。あんたとあたしの会話に邪魔だからね。今頃、夢の中で楽しくしているはずだわ」

「は、はあ……」

なにを言われているのか分からず、そんな曖昧な返事をするしかない。

「アイリちゃん……だよね？」

「んー、アイリだということは間違いないけどね。でも今その子の意識はないわ。あたしが体を借りてるから」

そう言って、アイリちゃん（によく似たなにか）は胸を叩く。


「あたしは女神アステラ。あんたとアイリをこの世界に連れてきた存在よ」


……え？

突然のことで思考が追いつかない。

女神アステラ――クラースから話を聞いたことがある。大精霊やフェンリル、人間を作った創造の神だと。

そしてこの世界に私が転生したのも、女神アステラのせいかもしれない……と言っていた。

そんな方が、どうして私の前に？

「ふふん、驚いているみたいね」

私の様子がお気に召すものだったのか、女神アステラは上機嫌になった。

アイリちゃんが演技しているの？　でもそんなことを彼女が出来るイメージがない。じゃあ……本当に女神アステラ？

うーん、取りあえず彼女の言葉を信じてみよっかな？

――色々と戸惑うことも多いけれど、私にはまずは彼女に言わなければいけないことがある。

「アステラしゃん」

私は立ち上がって、頭を下げる。

「このせかいにてんせいさせてくれて、ありがとうございました。おかげで、しあわせにくらしてましゅ」

「いいのよ。あんた、前世で酷い目に遭ってたからね。せめて今回の人生では幸せに暮らして欲しかっただけ」

女神アステラは続ける。

「だから【魔導具作成】っていうスキルと少しだけ魔力を持たせてあげたけど……それが原因で色々と厄介ごとに巻き込まれているようね。ほーんと、人間の業って深いのね。ごめん、ここまでとは思っていなかったわ」

「いいえー！」

確かに――私がそもそも魔力を持っていなければ、ペルセ帝国の宮廷に攫われることもなかっただろう。

ギヨームの一件や、今回の誘拐もなかったかもしれない。

だけど【魔導具作成】のおかげで、私はアーヴィンやシーラさんに出会えた。

可愛い従魔《ペット》のハクも出来たんだし、女神アステラにクレームを入れるつもりはない。

「わたしは、やさしいみんなにかこまれて、しあわせ。だからアステラしゃんを、うらんだりしてません」

「だったらいいんだけどね」

と女神アステラは優しく笑った。

さて……ずっと言いたかったお礼は伝えることが出来た。

だけど気になることがある。

「わたしはともかく……アイリちゃんをつれてきたって……？　わたしとおんなじで、てんせいしゃってこと？」

確かにアイリちゃんは歳にしてははっきりと喋れるし、大人びたところもあると思っていた。

だけど私みたいに前世の記憶なんて持ってなさそうだったし、そんな話をしてもらったこともないけれど？

疑問に思っている私に、女神アステラは説明を始める。

「その通りよ。アイリは前世で、あんたと同じ日本で暮らしていた。でも病弱な子でね……四歳を迎える前に死んじゃったの。それをあたしが不憫に思って、この世界に転生させたってわけ」

「そうだったんだ。でも、アイリちゃんはぜんせのきおくを、もってなさそうだったけど……？」

「転生してきた全員が全員、前世の記憶を持っているわけじゃないのよ。どちらかというと、前世の記憶を失わなかったあんたがイレギュラーなくらい」

なるほど……そういえば、クラースも似たようなことを言っていたね。

女神アステラの言葉に納得する。

私といいアイリちゃんといい、前世で不遇な人生を送ってきた人を転生させている――ってことだろうか？

だったら女神様って優しいんだね。

「で……あんたの【魔導具作成】と同じように、アイリにもスキルを持たせた。そのスキルの名は【愛し子】」

「いとしご」

「あたし――女神に寵愛され祝福を得て、病気をしないスキルよ。あんたのスキルに比べたらしょぼいかもしれないけど、前世で病死してしまったこの子にだったら、丁度いいと思って……ね」

そういえばアイリちゃんは、病弱な母親と比べて病気をしない子……ってライネさんが言っていた気がする。

まさかそういう意味があったとは。

「そして【愛し子】にはもうひとつの効果がある。それが――女神との距離が近いって効果。だからこの子の体を借りて、こうしてあんたと喋ることが出来てるのよ」

「すごい！」

「まあ、これはおまけみたいなものだけどね。それにこの子自身が、スキルを完全に使いこなせないせいで、定期的に頭が痛くなったりしていたわ。そのせいで、なかなかあたしも表に出られなかった。でも、もうスキルは完全にこの子に定着したからもう大丈夫」

「スキルが定着……？」

「うん。この子と友達になった日を、あんたは覚えているかしら？」

「もちろん」

私から頼んだことなんだけれど、アイリちゃんも「ヒナちゃんのお友達にしてください」って言ってくれた時だよね。

「あの子が自分の意志をちゃんと伝えることなんて、今までなかったからね。あれがスキルが

◆聖女◆

定着するきっかけだったみたい。まあ、あの日から完全になるまでにはちょっとだけ時間はかかったけど」

「……えーっと、つまりアイリちゃんがずつうでなやまされることは、もうない？」

「うん」

私が質問すると、女神アステラは首を縦に振った。

一気に説明されて理解が追いつかないけれど——取りあえず、アイリちゃんはすごい！　って認識でいいよね？

「あっ、そうそう。あんたが前世で勤めていたブラック企業は潰れたわ。あんたにほとんどの雑用を押し付けていたみたいだからね。そのせいで歯車が噛み合わなくなって、部下同士も疑心暗鬼になって……倒産した。まあ今のあんたは興味がないと思うけど、一応伝えておくわ」

「ありがとうございます」

うーん、一応お礼は言ったけれど、彼女の言う通りあんまり興味ないんだよね。

前世のブラック企業については色々と思うところもあったけれど、今が幸せならどうでもいいかなって。

「わたしにそれをつたえたいから、アイリちゃんのからだをかりて、でてきた？」

「いえ……違うわ。ここまでは前置きみたいなもの。本題は別にあるわ」

どうやらまだ前置きだったらしい……。

女神アステラはコホンと咳払いをして、さらに話を続けた。

「あんたはあたしに感謝しているようだけど――あたしからしたら、感謝しないといけないのはこっちの方」

「へ？」

「大精霊――今はクラースって名前なんだっけ？　あの子を助けてくれて、ありがと。あたしも感謝しているわ。それを伝えたかったってわけ」

唐突にクラースの名前が出てきたから、私は目を丸くしてしまう。

「ど、どういたしまして……？」

「なんだか腑に落ちない顔をしているわね。でも大精霊というのは、あたしの直属の部下みたいなものだから、やっぱりどうしても気になるのよ」

――クラースは人間を信じることが出来ず、魔物の森に引きこもっていた。そんな彼の心の闇に女神アステラはいち早く気付いていたらしい。

なんとかしてあげたいけれど、基本的に女神はこの世界に不干渉。あんまり干渉しすぎて、世界のバランスを崩してしまうのを恐れているみたい。

それに女神アステラはどうやってクラースの心の闇を払えばいいか分からなかった。

だから悶々とクラースを見守るしかなかったんだけれど……。

「そこであんたが現れた。あんたはあたしが長年かけても解決出来なかった問題を、一発でクリアしたわ。だから……ひと言お礼を言わなくちゃって」

そうなんだ。

いつの間にか私、そんな難問を解決してしまっていたなんて……でもクラースの心の闇がなくなってよかった。

女神アステラがそう言うってことは、今の彼は楽しく暮らしている……っていうことでいいよね？

でも。

「こころのやみ？がなくなったのは、クラースじしんのこころのつよさのおかげ。わたしは、なにもしていない」

「すごいことをやってのけたのに、あんたは驕《おご》り高ぶったりしないのね。人間にしては珍しいわ……よし、やっぱり決めた」

そこで女神アステラはビシッと私を指差して、こう告げたのだ。

「あんたを聖女に任命するわ！」

……はい？

「せいじょ……？」

「うん。あたしに聖女に任命されることによって、あんたはもっと強大な力を手に入れることが出来る。国——いえ世界中から崇《あが》められ、一生超お金持ちの生活を送ることも出来るわ。ね？　けっこう良い話でしょ？」

女神アステラは心底面白そうに、私に問いかけてくる。

いきなり聖女って言われてもよく分からない。

だけど……私の答えは決まっている。

ちょっと悪い気はしたけれど、自分の気持ちをこう即答した。


「いや……でしゅ。わたしはいまのせいかつで、まんぞくしているから」


大好きな人たちに囲まれて。

美味しい料理も食べられて。

ペットの毛並みをもふもふする。

たまに魔導具を作って、みんなにも笑顔になってもらう。

聖女がなんなのかいまいち分かってないけれど、そんなものに任命されたら、こういうささやかな生活も送れない気がする。

だからお金持ちなんて興味がない。

――と思っていたら、女神アステラは「ぷっ」と吹き出して。

「ははは！　やっぱあんたは面白いわね。でもいいのよ。なんとなく、断られる気はしてたから」

「すみません」

「謝らなくていいわ。ほーんと、聖女に任命だなんて話を聞いたら、普通の人間は飛びついてくるんだけどね」

彼女はそれからしばらく笑っていたが、やがてそれもおさまった。

目に小粒の涙が浮かんでいる。私、そんなに変なこと言ったかなあ？

「これであんたに言いたかったことは、全部――じゃなかったわ。あともうひとつ！　あんた、なんか困っているようね」

「こまって……もしかして、コリンのことでしゅか？」

それくらいしか心当たりがない。

「コリンのおかあさんはびょうきで、エリクサーでしかなおせないんだけど――」

「あー、説明はいいわ。事情はもう分かっているから」

さすがは女神アステラである。なんでもお見通しってことか。

「エリクサーがなくなって、困っているのよね」

「そうでしゅ。いやしのペンダントがあるけど……これでほんとになおせるのか、しんぱいで」

「ふうん。でもエリクサーに関しては心配する必要はないわよ。だってあれ、本物のエリクサーじゃないもの」

「え⁉」

に、偽物⁉

「そもそもエリクサーなんて、そう簡単に手に入るものじゃないのよ。それなのに、あいつらにわざわざ持たせる必要なんてどこにもないでしょ？　どこかで失くしたりしたら、どうすんのよ」

「た、たしかに……」

「けど、けっこう本物には似てたけどね。だからあのライナルト？　って王子も騙されたんじゃない？　ほんと……本物のエリクサーって神具なのよ。あんまり舐めないで欲しいわ」

腕を組んで、ぷんぷんと怒る女神アステラ。

その姿が可愛く思えて、つい笑ってしまいそうになった。

「そしてもうひとつ——コリンの母親の病気、それはあんたの癒しのペンダントでも治せないわ」

「そ、そうなんでしゅか⁉」

「あんたの【魔導具作成】も、そこまで万能じゃないわよ。コリンの母親の病気……それを治すためには、本物のエリクサーが必要になるわね」

そうなんだ……。

でも本物のエリクサーがどこにあるか分からないし、コリンのお母さんは一生治らない？

コリンに「なんとかする！」って約束したのにどうしよう……。

肩を落とす私に対して、すかさず女神アステラはこう続けた。

「まあ、あたしがここでエリクサーを渡してもいいんだけどね……それじゃあ、クラースの心の闇を払ってくれたお礼としては不十分――ってなわけで、ちょっとあんたのペンダント。貸してくれる？」

「は、はい」

首からかけた状態のままで、癒しのペンダントを女神アステラに見せる。

彼女がペンダントに触れると、そこから眩《まばゆ》い光が発せられた。

部屋中が真っ白になって、なにも見えなくなる。

ポーション　＋　幻光花《げんこうか》　＋　女神の加護　＝　聖なるペンダント

・聖なるペンダント
どんな傷や大病でも癒すことが出来る、聖なる光を放つペンダント。人間にとっては不治の病であっても、女神のご加護は全てを癒す。

◆聖女◆

――そしてやがて、光がなくなった頃にはペンダントが生まれ変わっていたのだ！

「はい。これであんたの魔導具は正真正銘の神具となったわ。これでコリンの母親を治しなさい」

「あ、ありがとうございます！」

「いいのよ。お礼を言いたいのは、あたしの方なんだから――っと、そろそろこの子の体から出ていかないとね。じゃないとアイリの人格が消滅してしまうわ」

ちょっとしか喋っていないけれど――女神アステラとの別れに寂しくなる。

「……安心しなさいよ。また暇になったら、この子の体を借りて出てくるんだから」

そんな私の気持ちを察したのか、女神アステラがそう言う。

そして最後に私に手を振って、彼女がこう言った。

「あんたの人生がこれからも幸せでありますように」


「めがみしゃま！」

飛び起きると、いつものベッドの上だった。

「あれ……？」

私、さっきまで女神アステラと喋っていたような……気付かないうちに寝てた？

「ヒ、ヒナちゃん」

不思議に思って首をかしげていると、隣から女神アステラの――いやアイリちゃんの声。

「アイリちゃん……なんだよね？」

「え、う、うん」

私がいきなり変なことを言い出したせいなのか、アイリちゃんの瞳に疑問が浮かんでいる。

アイリちゃんは私と同じ転生者で、女神の愛し子。

だから今までアイリちゃんの体を使って、女神アステラが私と話していたんだけど……もう元のアイリちゃんに戻っているみたいだ。

「シーラしゃんとハクは？」

「ふたりとも、もう一階に下りてるよ。でもそろそろ朝ご飯の準備が出来たみたいだから、アイリがヒナちゃんを起こしにきたんだけど……」

「そうなんだ。びっくりさせて、ごめんね」

私が謝ると、アイリちゃんは「いいの」と首を横に振った。

うーん、女神アステラと喋ってから寝た記憶はないんだけれど……なんせ相手は女神だ。

時間が飛んだように感じるのも、女神アステラと喋ったことに比べれば、どうでもいいような気がする。

「アイリちゃんは、もうからだのちょうし、だいじょぶなの？　きのう、あんなことがあったけど……」

女神アステラはアイリちゃんについて、「スキルは完全にこの子に定着した」と言っていた。

だからアイリちゃんの頭痛は、もう大丈夫って言ってたけれど……本当に大丈夫なのかな？

だけど。

「うん！　そうなんだ。聞いて聞いて！」

とアイリちゃんは目を輝かせてこう続けた。

「なんだか体がすっきりしているように感じるんだ！　まるで重いものが肩から取れたみたい。だからこんなに早起きしちゃった」

「そうなんだね。よかった」

ほっとひと安心。

私の目から見ても、今日のアイリちゃんはいつもより元気いっぱいな気がする。なにごともなくてよかった〜！

それに。

「アイリちゃん」

「なに？」

私はアイリちゃんの両手を握って、その双眸をじっと見つめる。

「まえにもいったけど……わたしたち、ずっとともだち。アイリちゃんが、なんであっても、それはかわらない」

「え、ええ？　ヒナちゃん、いきなりなにを言い出すの？　やっぱりちょっとおかしいよ」

アイリちゃんは戸惑い、あたふたとしている。

彼女が転生者だろうと愛し子だろうと変わらない。

私はずっとアイリちゃんの友達であり続ける。

だってアイリちゃんはアイリちゃんなんだから。

アイリちゃんの衝撃的な真実を知ったとしても、私の彼女を見る目が変わるなんてことは有り得ない。

それをあらためて宣言するための言葉であった。

「でも……ありがと。アイリもヒナちゃんがどうなっても、ずっと友達！」

「だね！」

アイリちゃんもスキルが定着して、さらに元気になったんだし、これからはもっといっぱい遊べるよね！

しばらくそうやって笑い合っていると、一階から「朝ご飯冷めちゃうよ～」とシーラさんの声が聞こえてきたのであった。

《エルチェ》

「あいつらはなにをやっているんだ！」

ヒナ誘拐の一件が失敗したことを受け、私はそう声を荒らげていた。

「全く……これだから無能を部下に持つと苦労する。ヤツらに居場所を悟られるなんて言語道断です」

話に聞くと――どうやら闇魔法の使い手、名前は……確かコリンといったか？　が裏切ったらしい。

偽物のエリクサーを餌としてぶら下げておいたから、大丈夫だと思っていたのに……きっとこれも部下がなにかやらかしたのだろう。そうとしか考えられない。

「まあいいでしょう。ゼクステリアも甘い国ですからね。いつものようにのらりくらりと躱して、このまま有耶無耶に……」

と言葉を続けようとした時であった。

不躾《ぶしつけ》にも、いきなり部屋の扉が開けられ、外から人が入ってきたのだ。

私はその人物を見て、目を見開いてしまう。

「て、帝王陛下!?」

そう。

◆聖女◆

私でも滅多にお目にかかることが出来ない——ペルセ帝国の帝王が後ろに何人かの騎士を引き連れてきたのだ。

「やってくれたな」

帝王がそう放った声には、ふつふつとした怒りが込められているように感じた。

「やってくれた……もしやヒナの件ですか？」

「もしやだと？　それ以外にないだろう！　貴様はなにをやってくれたんだ！」

怒声を浴びせられる。

恐怖を感じ、私は「ひっ」と怯えた声を出すしかなかった。

「ギヨームの後任者として、貴様を選んだというのに……まさか就任早々、こんなことをやらかしてくれるとはな。この落とし前、どうつけてくれるのだ？」

「い、いつものことじゃないですか。そ、そう！　他国からこうやって目を付けられるのは、そう珍しくない！　それに相手はゼクステリア王国だ。どうせ今回も……」

身の危険を感じ、私は精一杯の反論を紡いだ。自分でも苦しい言い訳だとは思っている。

しかしそれは帝王も感じるのか、彼は軽蔑しきった眼差しを私に向けたまま、一枚の紙を差し出してきた。

「こ、これは……えっ⁉　宮廷魔導士が解体？　それに伴い、私が左遷だって⁉」

そこには本日付の辞令が載っていた。

「当たり前だろう。貴様——いや、貴様たちはそれくらいのことをしでかした」

「で、でもどうして！　ここまで厳しい処分を……」

「貴様らはあの第三王子の怒りに触れたのだ」

第三王子——確かライナルトだとかいう、放蕩王子のことか。

「あやつがただの無能王子でないことは、貴様も気付いていただろう？　本人に興味がないだけで、王位争奪戦に乗り込めば、すぐに王位を仕留めるほどの人物だということを」

「で、ですが、どうして今のタイミングで⁉　前回の時はここまで……」

「それはヤツがまだ本気でなかったということだ。なんにせよ、第三王子——そしてゼクステリア王国の怒りを買ってしまったとなったら、こちらもケジメを付けなければならぬ。そうなっては、今回の失態を犯した宮廷魔導士の解体しかなかったのだ」

「そ、そんな……」

愕然とし、私は膝から崩れ落ちた。

「では私は今からどこに……」

「貴様もあのギヨームという男の後を追うことになる。しかし……ギヨーム程度で済むとは思うなよ？　貴様はもっと日の当たらないところで一生を過ごしてもらうことになる」

帝王がさっと手を上げると、後ろにいた騎士たちが即座に動き、私の両脇を掴んだ。

「ど、どうかお許しを！　そ、そうだ。今回のことは全て部下の責任！　私は悪くありません！」

「貴様には期待していた。しかし……失望したよ。もう貴様と二度と顔を合わすこともないだろう。それだけが幸いだ」

帝王の突き放すような冷たい声。

私は今まで、欲しいものを全て手に入れてきた。そしてこのままエリート街道を突き進み、やがては大臣にまで――。

しかしその道は今この瞬間に途絶えた。

あれほど軽蔑していたギヨームと、まさか同じ道を辿ることになるとは……。

私はその事実から目を背け、ただ嘆くことしか出来なかった。

《コリン》

俺は生まれながらにして魔力があった。

それだけでも貴重だというのに……しかも闇魔法への適性があるらしい。

幼い頃の俺は喜んだ。自分が特別な人間のような気がしたからだ。

しかしお袋は不安そうだった。尖った才能は災いを呼び寄せることもある……と。

結果的に――闇魔法の才能があった俺は、幼くしてお袋から離されてしまった。お袋の予感が的中したのである。

そしてその頃、お袋は体調を崩した。なんでも不治の病というヤツで、どんな医者でも治せないらしい。

父親はいない。

俺が生まれる前にお袋を捨てたのだ。

だからお袋が働けなくなったら、生活していけなくなる。

俺はすぐに闇魔法を使って、宮廷からの脱出を図った。その頃のヤツらはまだ闇魔法を防ぐ装備も持っていなかったので、それはそこまで難しくなかった。

しかしすんでのところで捕まり、その頃の俺の教育係——ギヨームはこう言った。

『感謝しろ。お前の母親の生活費は国が出してやる。しかし——次に逃げ出したら、どうなるか分かっているよな?』

飼い殺しだということは分かっていた。

支援してくれるのは有り難いことだが、出してくれる生活費はごくわずかなものであった。

このままではお袋はだんだん衰弱していき、医師の予測よりも早くに亡くなってしまうだろう。

ギヨームの言葉には納得がいかなかった。

しかし続けて、彼はこう言ったのだ。

『お前の母親を治せる唯一の手段――エリクサーは宮廷が所持している。お前が我らに逆らわなければ、それを報酬として渡そう』

嘘だと思った。

しかしどうやらエリクサーを持っていることは事実のようである。

だから俺は従順になることを決めた。

全てはお袋のためだ。エリクサーさえ手に入れれば、すぐにでもこんなところから出ていってやる。

そんな時――俺はヒナを誘拐する任務に就くことになった。

彼女の境遇を聞いた時、俺に浮かんでいた感情は同情であった。

せっかく追放されて、今は幸せに暮らしている子を連れ戻すことには抵抗がある。

しかしこれが成功すれば、俺はヤツらからエリクサーを貰えることになった。

お袋を助けるためならなんでもやるつもりだった。
だから俺は自分の感情を押し殺して、ヤツらに従うことにしたが……。

『あなた、そんなにわるいひとじゃなさそう……だからかな？』

ヒナは自分を誘拐した悪者――俺に向かって、そんなことを言った。
正直、意味が分からなかった。どうして俺が悪いヤツじゃないと思う？
恨まれるのは怖くなかった。自分はそうされてもおかしくないことをしている。
だが、好意を向けられるのには耐えられなかった。
見て見ぬ振りをしていた罪悪感が膨らんでいくから――。

『てきじゃない』
『わたしは、あなたにきずついてほしくない』

しかしそんな俺を、ヒナは何度も惑わせてきた。
もしかしたら、これがこいつの性分なのかもしれない。困っている人を見たら見過ごせないタチというヤツだ。

そんな彼女が俺には眩しかった。

そして、帝国に戻るまでの途中で立ち寄った廃村で——ヤツらは約束を反故にして、俺にエリクサーを渡さないと言ってきた。

心のどこかでこの結末は分かっていたような気がする。

しかしここで諦めるわけにはいかなかった。育ててくれたお袋は、俺にとってそれくらい大きな存在だったからだ。

『おい、ちょっと声を潜めろ。俺はお前を気に入った。今から大事な話をする』

だから俺はヒナに賭けてみることにした。

図々しい頼みだとは思っている。しかし今の俺にはそうすることしか出来なかった。

もしこれが終われば、ちゃんと罪を償おう。死刑になっても悔いはない。

お袋のことは悪いが、ヒナに任せることにした。

出会って短い間だが、ヒナのことは信頼出来た。きっと俺が死んでも、ちゃんとお袋を助けてくれると確信していた。

だが、ヒナのお仲間——黒い髪の男に剣を向けられ、殺されようとしている時。

『めーーーーーーっ!』

とヒナは彼の前に立ち塞がった。

どうしてそこまでやってくれる⁉

俺が死んでも、お前は困らないじゃないか！

それなのに――何故。

結果、俺は殺されないまま身柄を拘束されて、ひとまず王都に連れていかれることになった。

道中考えていたのは、ヒナのことだ。

いくら性分とはいえ、どうして彼女は俺のことを助けてくれるのだろうか――と。


翌朝。

俺は詰め所から解放され、久しぶりにペルセ帝国内の自分の家に帰れることになった。

アーヴィンとライナルト――そしてヒナが同伴してくれている。俺が変な行動をしないかと見張る役目らしい
ヒナはあのペンダントで、お袋を治すと張り切っていた。本当にそうなればいいんだが……。

――本来なら、こうして簡単に彼らが帝国内に来ることは無理である。しかしなんせ今回の一件は、ペルセ帝国側の失態だからな。

ライナルトが強く要請すれば、ペルセ帝国がそれを断ることは不可能だろう。

「お袋」


そしてとうとう、俺はお袋と対面した。

頬がすっかり痩せこけている。久しぶりに見たお袋の姿は、俺よりちっちゃく見えた。

お袋は俺を見ても、ひと言も発しなかった。俺が来たことには気付いたものの、どうやら声を出す元気すらないらしい。

「コリン、はい。これをつかったら、なおるから」

「ありがとう」

ヒナからペンダントを受け取る。

俺の傷も癒してくれたペンダント。どうやらその時よりもペンダントは進化したみたいだが……詳しいことは知らない。

俺は早速お袋にペンダントをかざす。

「おお……！」

思わず声を上げる。

ペンダントを中心にして、白い光が部屋中に満ちていったからだ。

それはお袋を包み、やがて――。

「コ、リン……？」

お袋が声を発する。

痩せ細っている姿はそのままだ。しかし肌は瑞々しいものへと様変わりし、瞳にも生気が宿っている。

明らかに今までとは違っていた。

「お袋……大丈夫なのか？」

「ええ……なんだか長い夢を見ていたみたい。どうしてか分からないけど、苦しさが消えているわ。今だったら、昔みたいに庭を駆け回ることも出来そう」

しっかりと喋っている。

俺はその声を聞いて、今まで堰き止めていた感情が爆発した。

「お袋！」

ヒナたちの目があることも忘れ、俺はお袋に抱きつく。

「心配かけてごめんね」

「いいんだ……！　俺はお袋が生きてさえいれば、それで……！」

お袋が俺の頭を優しく撫でてくれる。

こうされていると、まるで昔に戻ったみたいだ。懐かしい母の匂いは俺を安心させた。

「よかった、ね」

後ろでヒナの涙ぐんでいるような声。俺は振り返り、ヒナの姿を見る。彼女は自分の瞼を擦っていて、俺たちを微笑ましそうに見ていた。

アーヴィンとライナルトも黙って、俺の姿を見ている。今まで彼らを包んでいた警戒心が消失しているように感じた。


――ああ、分かった。


ヒナが俺を助けてくれる理由。

それは――理由なんてないってことだ。

本来、他人を助けるには理由がある。

しかし彼女はそんなものくだらないとでも言うかのように、他人に手を差し伸べてくれるんだ。

そういう人種のことを、この国ではなんと言われているのか俺は知っている。

聖女様――。

「ありがとう……！　本当にありがとう！」

俺が何度も感謝を伝えると、ヒナはちょっと照れたような表情になったのだった。

# エピローグ

あれから数日が経った。

アーヴィンとライナルトは、私の誘拐騒動の後始末を付けるため、ペルセ帝国と話し合ったり……と色々忙しかったみたい。

そのせいでふたりとはなかなか顔を合わせることが出来ず、私はちょっぴり寂しい気持ちになった。

あ、そうそう。アイリちゃんのことだけど――あれ以降、私たちはさらに仲良しになった。

アイリちゃんの持病であった、頻繁に起こる頭痛も最近では一切起きないらしい。そのことにアイリちゃんとライネさんは首をかしげていた。

まあなんにせよ彼女の悩みの種が解消されたようでなにより。

女神アステラは「スキルが定着したから」とか言ってたから、そのおかげかなあ?

そして私の周囲も落ち着きを取り戻してきた頃。

私はライナルトに呼び出され、クラースのお店――いただきます亭で話を聞くことになった。

久しぶりにライナルトと会うから、私はウキウキ気分でお店まで向かったけれど……。

「良い知らせと悪い知らせがある」

開口一番。ライナルトは顔の前で手を組み、ニコニコ笑顔でそう口を開いた。

こ、怖いっ！

ライナルトのこういう笑顔ってキレイだから好きなんだけれど、同時に裏がありそうで怖いんだよね！

店内は私たちのために貸し切り状態にしてくれたせいで、他にお客さんもいないし……。

クラースに助けを求めたいが、厨房にいて顔を出してくれない。

「ハク！　たすけて！」

『大人の話には耳を傾けよう。どちらにせよ聞かねばならぬ話だ』

ここまで付いてきてくれたハクも今日は冷たい。

ハクの言っていることも分かるけれど、心の準備が！

だけどライナルトは容赦がない。

「どちらから聞きたいかな？」

「いいしらせから、おねがいしましゅ……」

恐る恐る口にした。

この顔でいきなり悪い知らせなんて告げられたら、心臓が止まっちゃうかもしれないよ。まずはクッションを挟まないとね。

「分かった。まずはペルセ帝国の宮廷魔導士のことだけど――今回のことがきっかけで解体されることになった」

「かいたい？　そんなこと、できるの？」

「ペルセ帝国としては、もちろん嫌だろうね。しかしゼクステリア王国としてヤツらに猛抗議をした。諸外国からの目もあるし、さすがにヤツらはその指摘を無視出来ないよ」

――今までペルセ帝国は、他の国からも魔力を持つ子どもを攫って、自国で育ててきた……という黒い噂があった。

そのことが問題視されていたみたいなんだけれど、決定的な証拠もなくてなかなか手出し出来なかったらしい。

だけど今回の誘拐事件のこともあって、問題が明るみに出た。

さらに今までアーヴィンとライナルトが、その噂の証拠を着々と集めていたことも功を奏し、今回のことに繋がった。

――とライナルトは話を続けた。

「まあ、とはいっても、すぐに完全に解体というわけにはいかないだろうけどね。でも弱体化するのは事実だ。他国から子どもが攫われることはこれからはないだろうし、そこは安心して欲しい」

「そうなんだ」

よかった。

元々帝国の宮廷にいた頃――私ほどじゃないけれど――酷い目に遭わされている子どもを何人も見てきたからね。

ペルセ帝国が心を入れ替えてくれるなら、私としても嬉しい。

それに。

「コリンみたいなこが、これからはいなくなるのがうれしい」

「ふふふ、ヒナは自分のことより他人を気にするんだね。君らしいよ」

ライナルトは表情を柔らかくした。

「そういえば……コリンはどうなるの？」

コリンは一旦仮釈放にはなったものの、すぐ王都に戻ってきて、罪が確定するまで詰め所で暮らしている。

ライナルトは罪を軽くする……って言ってくれていたけれど。

私が問うと、ライナルトの雰囲気が神妙になる。

「うん。彼に課せられる罪も確定したよ。この国でしばらく、強制労働してもらうことになる」

「きょうせいろうどう！」

ビックリして、つい立ち上がってしまう。

しかしライナルトは少しも怯まずに、話を続けた。

「とあるところに閉じこもって、彼にはそこで働いてもらうことになる。もちろん、その間は無給だ。彼にとっては辛いことかもしれないけど、ヒナを攫ったんだ。当然の結果だと思うよ」

「で、でも！」

ライナルトを信じていたのに！

強制労働……って炭鉱で働かされたりするんだろうか？

前世のブラック企業時代の記憶が甦る。あんな目にコリンは遭って欲しくなかったのに！

抗議の意味を込めて、ライナルトを睨んでいると、

「……そんな怖い顔をしないでよ。ヒナが彼に会いにいこうと思えば、簡単に出来るから」

「え？」

「はい──もう出てきていいよ」

ライナルトがパンパンと手を叩く。

すると──。


「全く……あんたはなかなか意地が悪いな」

厨房からエプロン姿のコリンが姿を現したのだ。

「コリン！」

私はすぐに彼のもとに駆け寄る。

「きょうせいろうどうって、ほんとなの？　でも、そのすがたって……」

「ああ、そいつ――って言葉遣いは良くないな。ライナルト殿下のおっしゃっていることは本当だ。ただし……強制労働って言っても、ここで働くことになっただけなんだけどな」

とコリンは息を吐く。

「いただきますていで？」

「そうです」

今度は続けてクラース――さらには後ろからコリンのお母さんまで出てきた。

え、え？　どういうこと？

「ほんとに……閉じこもってって人聞きが悪いですね。彼には住み込みで働いてもらうだけです」

「どちらにせよ、王都内で働きたかったしな。家を探すのもひと苦労だし……願ったり叶ったりの話だ」

肩をすくめるコリン。

「でもただばたらきって……」

「ええ、それも事実ですよ。これは彼に対する罰なので、給金はお渡し出来ません。ですが――お小遣いなら問題ないはずです。親子ふたりが十分暮らしていける額くらいはね」

クラースの説明を聞いて、私はほっと安心する。

よかった〜。

「もう！　ライナルト、いじわる！」

「ははは、ごめんね」

私はライナルトの肩をポコポコと叩くが、彼は涼しい顔をしていた。

「もしかして、ハクもこのこと、しってた？」

『…………』

あっ、ハクが視線を逸らした。この様子だと事前に聞いていたみたいだね。

まあ、けど……嬉しいドッキリだから別にいっか！

「でも、どうしてこのまちで、くらしたかったの？」

宮廷魔導士が解体されたということは、コリンも自由の身のはずだ。

名ばかりの強制労働もコリンが望まなかったら、別の案もあっただろうに……。

私が質問すると、コリンは見る見るうちに耳たぶを真っ赤にした。

「べ、別にいいだろ！　なるべくペルセ帝国から離れたかったんだ。それに良い街だと思ったから……」

「ふふふ、この子はあなたの近くにいたかったのですよ。だから……」

「ってお袋⁉」

コリンがお母さんに抗議するけれど、彼女は取り合わない。

ふうん？

なんでコリンが怒っているのか分からないけれど、お友達が増えるのはいいことだ！

「もしかして……このきょうせいろうどうのはなしが、わるいしらせってこと？」

「いや……」

ライナルトが暗い顔をして言う。

「悪い知らせというのは――王宮にもヒナの存在が知れ渡ってしまったことだ」

「そうなの？」

確か変な争いごとに巻き込まれないように、ライナルトは私の存在を隠してくれていた――って聞いていたけれど……。

「さすがに今回のことで反省してね。ヒナを王宮で手厚く保護していたら、今回の誘拐事件はそもそも起こらなかった。いくらヤツらでも、そこまでは手出し出来ないから」

「そうだったのかな？」

「そうだよ。まあどちらにせよ、ヒナの魔導具も徐々に流通し始めて……知られるのは時間の問題だったからね。それがちょっと早まっただけって感じかな」

だったら別にそんなに悪い知らせでもないんじゃ？

ん……でも、もしかして手厚く保護するってことは……。

「わたし、おうきゅうぐらししないとダメ？」

ライナルトの顔を見つめて、首をかしげる。

一度は断った申し出。

でも――私の存在が知られ、ライナルトも保護することを望んでいるなら……魔導具ショップを出て、王宮暮らしをしないといけないんだろうか。

「察しがいいね」

一転。

ライナルトは優しげな笑みを浮かべる。

「君はこれから――」

《アーヴィン》

「ヒナ……」

俺はシーラと一緒に、ヒナの帰りを待っていた。

「ライナルトの言いたいことって……ヒナちゃんを王宮で保護するってことだよね？」

「多分、そうだと思う」

ライナルトに聞いても、答えをはぐらかされたのだがな。

しかしライナルトの考えているのはもっともなことである。そもそもヒナくらいの力を持っている子が、こんな一魔導具ショップにいたこと自体がおかしい。

今回の誘拐事件のこともあるし、これからヒナは王宮で暮らすことになるだろう。

「なんだか寂しくなっちゃうね」

「だが……仕方ないと思う」

シーラは寂しげな表情を浮かべている。

俺は表情を変えないように努めているつもりだったが……自信はない。ヒナがいなくなるということは、それほど耐え難いことであった。

「ヒナの幸せを願うなら、これは当然のことなんだ。もうヒナには簡単に会えなくなるかもしれないがな」

「う、うん。そうだね」

短い間ではあったが——ヒナと暮らしてきた日々は掛け替えのないものであった。

こんな暮らしが永遠に続けばいいのにと思っていた。

しかしそれは許されない。ヒナは魔導具師として力を持ちすぎていたのだ。

どんよりと暗い空気になった。

チリンチリン。
そんな時――来店を知らせる鐘の音が鳴った。
「お客さんか。悪いが、今は閉店中で――」
と言葉を続けようとした時――彼女の姿を見て、俺は思わず言葉を失ってしまった。

「あーびん！」

・・・・・・

『君が望むなら別だけど、無理して王宮暮らしをしてもらわなくていい。アーヴィンやハク、それにクラースもいるしね。なんなら王宮内で保護するより、街中で暮らす方が安全かもしれない』

あの時のライナルトは――そう言葉を続けた。

『うむ。今度は油断せん。ヒナを必ず守ろう』

『僕もです。危険を察知すれば、すぐにでもあなたの元に向かいましょう』

とハクとクラースも言ってくれた。

『ということはわたし……』

『うん、あの魔導具ショップにいたままでいいよ』

ふわあ――と肩の力が抜ける感覚。

私……アーヴィンたちと、ずっと一緒にいられるんだ。

これからも、アイリちゃんと会って遊ぶことも出来る。

王宮暮らしなんて肩肘張って嫌だからね。本当によかったと思う。

でも。

『……問題は兄上たちだけど、ヒナには手を出させない。もし彼らが妙な真似をしたら……どうなるだろうね？』

とライナルトが悪い笑みを浮かべていたのを、私は見逃さなかった。

……なんだかよく分からないけれど、これからもライナルトには逆らわないでおこう！

再びそう決意するのであった。


――そんな事情を説明した後。

「あーびん、シーラしゃん。これからも、よろしくおねがいします！」

あらためて彼らの前で頭を下げる。

「お、おう……！　もちろんだ。こちらこそよろしくな、ヒナ！」

「ヒナちゃ～ん、よかったね。私……ヒナちゃんがいないと耐えられない！　ヒナちゃんがここを出ていかなくて本当によかった！」

目尻に涙を浮かべてシーラさんが言う。

一方、アーヴィンは嬉しそうに私を抱えて、赤ん坊をあやすみたいにたかいたか～いしてくれた。

「ちょっと、あーびん！　わたし、こんなことしてもらうほど、こどもじゃないよ⁉」

「なにを言う。ヒナは俺たちの大切な子どもだ」

大切な子どもって……まるでアーヴィンたちが両親みたいじゃん。私の本当の両親はバートさん夫妻なんだからね！

でも感極まって言ってしまったんだろう。

私だって嬉しい。

だから今日は目一杯、甘えさせてもらうんだから！

# あとがき

この度は当作品を手に取っていただき、ありがとうございます。鬱沢色素です。

宮廷を追放された幼女ヒナの物語、二巻です！

今回はヒナを追放したペルセ帝国の宮廷との因縁にケリをつけます。ヒナは元教育係のギヨームを見たら、今でもビビっちゃうくらいです。それほどヒナにとって、当時の思い出は辛かったわけですね。だからギヨームに詰め寄られたら、自分の思いを簡単に言うことが出来ません。

ここで作者のわがままで、ひとつだけお願いがあります。読者の皆様にはぜひ、そんなヒナを「頑張れ！」「負けるな！」と応援してあげてください。ヒナは強い子なので、きっと読者様の期待に応えてくれるはず……！

また新キャラの幼女も登場します。どんな女の子なんだろう？　ヒナは彼女と仲良くなれるのかな？　と思いながらお読みいただけると、より一層楽しめると思います。

この巻につきましても、可愛さ満点のヒナの魅力が、読者様にも伝われば作者としてこれ以上の喜びはありません。可愛いシーンもいっぱい気合いを入れて書きました！

ここからは謝辞を。

この作品を作るにあたって、たくさんの方々にご協力いただけました。この場を借りて、お礼申し上げます。

直接やり取りさせていただく機会が多かったＦ様。お世話になっています。今回もありがとうございました。一緒に作っていて楽しかったです。今後ともよろしくお願いいたします！

イラストレーターのよん先生。素敵なイラストの数々、ありがとうございました。ヒナだけじゃなくて、他のキャラクターの魅力も際立たせてくれて、ただただ感謝いたします。何度も何度も見て、執筆のパワーを貰っていました！

そしてなにより、読者の皆様。ありがとうございます。皆様のおかげで鬱沢はまだ書き続けられています。

また会える日を心から楽しみにしております。

鬱《うつ》沢《ざわ》色《しき》素《そ》

宮廷を追放された小さな魔導具屋さん２
～のんびりお店を開くので、規格外の力と今さら言われてももう遅い～

2021年11月5日　初版第１刷発行

著　者　鬱沢色素



発行人　菊地修一

発行所　スターツ出版株式会社

〒104-0031　東京都中央区京橋1-3-1　八重洲口大栄ビル７Ｆ
☎出版マーケティンググループ　03-6202-0386
（ご注文等に関するお問い合わせ）

https://starts-pub.jp/

印刷所　大日本印刷株式会社

ISBN　978-4-8137-9103-4　C0093　Printed in Japan



［鬱沢色素先生へのファンレター宛先］
〒104-0031　東京都中央区京橋1-3-1　八重洲口大栄ビル７Ｆ
スターツ出版（株）　書籍編集部気付　鬱沢色素先生

ISBN：978-4-8137-0644-1　※価格、ISBN は 1 巻のものです